대학생이 해야 할 고민들

대학생이 해야 할 고민들

초판 1쇄 인쇄   2010년 10월 15일
초판 1쇄 발행   2010년 10월 20일

지은이 | 최경호
펴낸이 | 손형국
펴낸곳 | (주)에세이퍼블리싱
출판등록 | 2004. 12. 1(제315-2008-022호)
주소 | 서울특별시 강서구 방화3동 316-3 한국계량계측조합회관 102호
홈페이지 | www.book.co.kr
전화번호 | (02)3159-9638~40
팩스 | (02)3159-9637

ISBN 978-89-6023-449-9 03810

검은 베레 용사에서 남극세종기지 월동대원까지
남다른 대학생활을 보낸 한 젊은이의 수상록

대학생이 해야 할

고민들

?

글 최경호

ESSAY

대학생이
해야 할
고민들

다른 사람을 이겨야 하는 전형적인 스포츠에서 1등을 차지한 선수들이 공통적으로 하는 말, "결국 내 자신과의 싸움이었습니다!" 때로 이 말이 가슴으로 와 닿지 않는 이유는 부족한 나의 인격 때문이거나 그만한 목표를 위해 열심히 노력해 본 경험이 없어서 인지도 모른다.

수없이 밀려오는 불안감, 자괴감, 책임감, 소심함. 때론 이 모든 걸 내려 놓고 싶을 때가 있다. 또 다시 떠나야 하는 운명을 앞에 두고, 원하는 목표를 달성해서 너무도 기쁘지만 평균에도 못 미친다는 내 인생의 열등감이 당당한 내 삶에 반기를 든다. '아니다! 아니다!' 외쳐보지만 혼자만의 메아리 속에 함몰된 내 자신을 발견하면 한 없이 외로워진다.

나는 나를 얼마나 알고 있을까. 주변 사람들에게는 또 얼마나 잘하고 있을까. 직업군인의 길을 접고 대학에 입성할 때만 해도 뭐든 잘 할 수 있을 것만 같았다. 하지만 쓸데없이 강한 자존심은 툭 던진 말 한마디에 눈물을 흘리게 만들었고, 아직도 좌심실 우심방을 떠돌며 심장 밖으로 나갈 줄 모르는 답답함은 끈적끈적한 응어리가 되어 내 삶의 의지와 추진력을 상실케 만든다.

디지털이 세상을 지배하는 요즘, 단체문자, 미니홈피, 페이스북, 트위터 등은 저비용으로 사람의 마음을 얻으려는 비합리적인 행태다. 하지만 나 역시도 이런 것에서 자유롭지 못하고 오히려 더 추종하고 있으니 나의 고민은 언제나 원점에서 다시 시작하고 있다. 가수는 노래로, 경영자는 실적으로 말하듯 나의 대학생활은 열정과 도전으로 인정받고 싶었다.

내게는 별천지 같은 캠퍼스, 아직은 하고 싶은 것이 많고 배우고 싶은 것이 많은 나를 사랑하며 표현한다. 매일매일 불안하고 흔들리지만 이 길이 나의 길이라 믿으며 자신감을 얻어 본다. 서로의 다름이 존중받아 건강한 사회의 초석이 될 수 있다면 우리의 삶은 조금 더 행복해지지 않을까. 이런저런 잡다한 생각에 오늘도 내 머리는 발전기처럼 시끄러운 소리를 낸다.

나와 너의 경쟁이 아니라 어제와 다른 오늘의 나를 비교하며 행복할 수 있는 사람이 되자. 불안한 양 끝의 중앙에 서서 안도하는 사람이 아니라 양극 간을 오고가면서 끊임없이 최적점을 탐색하는 경호가 되자. 타고난 천성을 무기로 당당한 나의 삶을 만들어가자.

　취업도 포기한 채 백수를 각오하고 떠난 프랑스행 연수였지만 90퍼센트쯤은 좋았고, 내 주변의 95퍼센트쯤은 좋다. 10퍼센트도 안 되는 쓰레기에 내 여력을 쏟을 필요는? 결국 내 삶의 행복은 내 자신과의 싸움에서 얻어짐을 느낀다. 쓰레기는 과감히 쓰레기통에 버린다.

　첫 번째 책을 쓰고 꼭 4년만이다. 나의 시행착오와 생각을 조금이나마 공유하고 싶은 마음에 발버둥 치면서 인사 한 번 제대로 하지 못한 지인들에게 표현할 수 없는 미안함과 죄송스러움을 느낀다. 언제나 나의 후원자가 되어주는 가족과 여자 친구에게 영혼에서 우러나오는 사랑과 이 책의 모든 영광을 돌린다.

2010년 가을

최경호

| 목차 |

chapter 2. 특별한 경험, 소중한 이야기

chapter 3. 대학생에게 권하고 싶은 6가지

대학생이 해야 할 고민들

chapter1. 나의 캠퍼스

01

첫 번째 설 대목

　고교를 졸업하고 새 천년의 감동이 채 식기도 전에 군 입대를 자청한 나는 전역할 때까지 63개월간 특전사에 몸담으며 20대 청춘의 절반을 보냈다. 한·미 연합사령부 특수작전 팀에서 한국군과 미군의 훈련을 조율하고 계획하는 최고의 특전용사가 되는 것을 꿈으로 언제나 주어진 임무에 최선을 다했고, 각종 훈련 교본과 전술 교리를 공부하며 실력을 쌓아 갔다.

　이론을 넘어 보다 실전적인 경험을 쌓기 위해서 말도 많고 탈도 많았던 지난 2004년에는 이라크파병(1진)을 자원허 다녀왔고, 군사영어반 입교를 위한 영어공부에도 박차를 가했다. 그렇게 하루하루 열심히 생활하며 평생을 직업 군인이라는 자랑스러운 신분으로 국가에 봉사하며 살아가리라 다짐했다.

그러던 어느 날, 알 수 없는 묘한 경험이 나의 마음을 움직이기 시작했다. 야간훈련을 위해 공군비행장에서 낙하산을 착용하며 항공기 탑승을 기다리고 있는데, 함께 훈련하고 있던 미군 병사 두 명이 주고받는 대화가 내 귓속으로 빨려 들어온 것이다. '미국에 있는 고향 친구가 올해 대학을 졸업하고 UN에서 인턴십을 하게 되었데. 나도 군 복무를 마치면 다시 대학에 들어가서 공부를 할 생각이야!'

University(대학)! 순간 뒤통수를 맞은 사람처럼 멍해졌다. 비행기 엔진소리가 시끄러워 기본적인 의사소통마저 수화로 대치되고 있는 상황에서 대학이란 뭉개진 영어발음이 너무도 선명하게 들려 온 것이다. '대학? 나도 대학생이잖아!' 입학만 하고 9학기째 군 휴학을 하고 있었지만 한 꺼풀만 벗기면 나 역시 엄연한 대학생 신분이었다.

그날 이후, 이상하게도 '대학'이란 단어가 내 머릿속을 떠나지 않고 자꾸만 맴돌았다. 알 수 없는 그 느낌. 당시 나는 이라크파병으로 장기복무 신청에도 한결 유리한 상황이었고, 조금만 노력한다면 원하는 보직으로 갈 수 있겠다는 희망이 높았다. 하지만 눈치 없는 남편이 친정집에 너무 오래 머문 것처럼 군대가 자꾸만 불편하게 느껴지기 시작했고, 철지난 옷을 너무 오래 입은 듯 특전복과 베레모가 점점 어색하게 보였다. 그렇게 가슴에서 캠퍼스로 돌아갈 시기가 임박했음을 말하고 있었을까. 쉽지 않은 고민 속에 전역을 결심하기에 이르렀다.

5년 3개월, 나에겐 참으로 긴 시간. 수많은 일들이 머릿속을 스쳐 지나간다. 직업군인의 길을 선택하지 않았다면 지금쯤 대학을 졸업해 가정을 꾸렸을 지도 모를 나이다. 그동안 강원도에서 제주도까지 두발로 걷지 않은 땅이 없고, 내 숨소리가 미치지 않는 공기가 없을 정도로 자랑스러운 조국의 하늘과 땅 그리고 바다를 거침없이 누벼왔다. 검은 기름연기가 휘날리고 총성이 멈추지 않던 열사의 땅 이라크, 칠흑 같이 어두운 사단의 밤하늘을 수놓던 아름다운 별들이 새삼 새롭게 기억된다. 츠석날 아침에도 땀에 쩐 군복을 입고 천리행군을 하던 기억이 주마등처럼 스쳐지나간다.

하지만 이제, 새로운 세계가 펼쳐진다. 앞으로 개강까지 남은 시간은 불과 두 달, 집으로 돌아온 나는 그동안 무엇을 할까 고민했다. '여행을 좀 다녀와야지 마음 정리도 할 겸, 그동안 못 만났던 친구도 만나야지 인사도 할 겸, 이런 저런 모임에도 나가야지 사회적응도 할 겸, 전공 공부도 미리 좀 해 두어야겠지 수업에 따라가려면.'

하얀 A4용지를 꺼내 이런저런 계획을 열심히 적어 나갔다. 나름대로 우선순위를 정하며 구체적인 일정을 세웠고, 어떻게 하면 좋을까 방법적인 부분도 함께 고민했다. 어느 덧 까맣게 채워진 종이를 보며 새로운 환경에서 펼쳐질 미래에 대한 기대로 가슴이 두근거리기 시작했다. 이제 정말 내가 원하는 세상에 돌아온 듯한 느낌이 들었다.

하지만 며칠 후, 내가 세운 모든 계획을 취소하고 어머니와 동생이 일하는 가게로 발을 돌렸다. 나의 계획은 오직 '나'만을 위한 이기적인 것이었음을 너무도 절실히 깨달았기 때문이다. 분식점을 하는 우리 집은 김밥이랑 튀김을 주로 팔고 있다. 명절이 되면 차례상에 오를 명태전이랑 파산적, 꼬지 같은 것들이 많이 팔린다. 식구가 줄고 친지들의 왕래도 어려워지는 경우가 많다 보니 예전처럼 온가족이 모여 명절음식을 준비하기보다는 간편하게 구입해 차례를 지내는 가정이 늘고 있기 때문이다. 요즘같이 어려운 경제 상황에서 목돈을 만질 수 있는 몇 안 되는 기회이기도 하다.

어머니와 동생은 이번 설 대목 준비로 한 달 전부터 식재료를 마련하며 사전 주문을 받아온 상태였고, 명절이 가까워지자 해야 할 일이 산더미처럼 많아지고 있었다. 출근시간은 점점 빨라지는 반면, 퇴근시간은 자꾸만 늦어져 밤을 새는 일도 허다했다. 가족은 새벽 같이 나가서 자정이 넘도록 일만 하고 있는데, 한 집안의 장남이란 자의 생각하는 수준이 고작 이 정도 밖에 안됐으니 지금 생각해도 참으로 한심스러울 따름이다.

더구나 우리 집은 아버지가 돌아가시고 남긴 병원비와 어머니의 건강 악화로 동생마저 고등학교를 졸업하자 말자 가게 일을 도울 수밖에 없었다. 그런데도 전화를 할 때마다 늘 잘 지내고 있다는 안부를 들을 수 있었던 것은 어려운 현실 속에서도 타지에서 군 생활을 하고 있는 아들을, 형을 최대한 배려해준 가족의 희생과 사랑이 있었기에 가능했던 것이다. 그런데도 나는 군인이라는 이유 하나만으로 집안의 대소사는 물론 가족의 생겨 문제에 있어서도 한 발 떨어져 있어도 되는 줄만 알고 지낸 것이다. 하지만 그게 아니었다. 지금부터라도 이 무거운 마음의 굴레를 벗고 가족의 한 구성원으로서 당당히 참여해야겠다는 생각이 들었다. 계획했던 종이를 버리고 앞치마를 둘렀다.

　가게는 바쁘게 움직이고 있었다. 각종 튀김을 비롯한 명절 예상 음식들은 이미 상상을 초월했다. 추가로 필요한 식재료를 구입하기 위해 동생과 함께 농산물 도매시장으로 향했다. 파 한 단에 얼마, 명태 한 마리에 얼마인지 정확히 알고 흥정하는 동생의 모습이 너무도 대견스러웠다. 아기같이 뽀얗던 손이 두툼하게 거칠어진 만큼 동생은 참 많이 성장해져 있었다.

　모든 음식은 하루 단위로 준비되고 만들어졌다. 손질하기 어려운 재료는 대부분 동생이 맡고, 나는 그저 다 준비된 재료를 맞춰 굽고 튀기는 일을 담당했다. 처음에는 정신없이 시키는 일만 하다가 며칠이 지나면서 조금씩 일의 흐름이 보이기 시작했다. 오늘은 꼬지, 내일은 명태전, 모레는 파산적. 손에 익숙하지 않는 일이라 모든 것이 힘들고 고됐다. 그렇게 일하면서도 하루 한 끼 챙겨먹기가 쉽지 않음을 경험하고 시장 사람들이 왜 그렇게 위장 병에 많이 걸리는지 알 것 같았다.

섭씨 180도가 넘는 기름에 오징어를 튀기다가 피부 껍질이 떨 어져 나가기를 수십 번, 서툰 칼 솜씨로 손가락을 종일 붉게 만들 었고 밴드에 밴드를 덧붙이는 일이 습관처럼 반복됐다. 내 몸에 서 풍기는 식용유 냄새와 온몸을 뒤덮고 있는 튀김가루가 한 마 리 거대한 인간 튀김을 방불케 한다. 한 겨울인데도 땀을 뻘뻘 흘 리며 화로와 싸우는 어머니와 동생의 모습을 지켜보면서 지난 세 월의 흔적들을 조금이나마 엿볼 수 있었다. 그저 미안하고 미안 했다.

이웃 가게들도 일 년에 두 번 있는 명절 장사를 준비하느라 분 주한 모습이다. 떡집에는 쌀자루가 쌓이고, 정육점에는 선물용 고기가 전시되기 시작했다. 자정이 넘도록 물건을 받아 오고, 새 벽별이 지기도 전에 가게 문을 올리는 시장 사람들이 있는 한 우 리 사회의 대동맥은 결코 멈추지 않으리라 확신했다.

명절 하루 전부터는 말 그대로 가게에서 밤을 지새우며 비상사 태로 돌입했다. 주문받은 음식부터 조금씩 요리하기 시작했다. 명태전 500원, 고추튀김 500원, 고구마튀김 400원, 동그랑땡 300원, 오징어튀김 400원, 깻잎튀김 500원, 파산적 1,500원, 가격을 익혔다. 폭설로 야채 출하량이 급격히 감소한 탓에 3만 원하던 고추 한 박스가 9만 원까지 오르고, 1,500원 하던 파 한 단이 9,000원까지 올랐다. 야채가 들어가는 고추, 깻잎, 파산적은 평소보다 약간 인상된 가격이다. '가난하면 고기 먹고 부자는 야채 먹는다. 상추 사면 삼겹살 끼워준다'는 시장 사람들의 우스갯소리를 실감하는 순간이다. 설 전날이 되자 장을 보기 위해 많은 사람들이 모여들었다. 새벽 4시 반. 첫 손님이 왔다. 전쟁은 이미 시작됐다.

　팔면서도 계속 튀기고 구웠다. 어쩜 이렇게 예쁘게 잘 구웠냐는 한 아주머니의 칭찬에 그동안의 피로가 싹 가신다. '이 집이 제일 맛있어' 하는 꼬마의 말 한마디에 졸음도 달아난다. 갑자기 몰려드는 손님들 때문에 한동안 갈피를 잡지 못하고 헤매다가도 정신이 번쩍번쩍 드는 이유는 이런 치열한 삶의 현장에서 가족과 함께 땀 흘리고 있다는 사실 때문이었다. 손님들끼리 작은 말다툼이라도 생기지 않도록 하기 위해서 순서를 정해주고, 급한 분들은 먼저 사갈 수 있도록 양보를 권하기도 했다. 결혼 1년차 신혼부부는 첫 시댁 방문이라며 손수 그릇을 가져와 맛있는 음식 잘 부탁한다는 애틋함을 보이기도 했다. 그렇게 정신없는 하루를 보내고 하루해가 저물어 갈 무렵, 그동안 준비한 엄청난 양의 음식은 마법을 부린 듯 감쪽같이 사라져 있었다. 냉장고는 텅텅 비었지만 바구니에는 수북한 만 원짜리가 방긋 웃고 있었다.

'사람 사는 게 이런 것이 아닐까' 조금은 알 수 있을 것 같았다. 쓰러질 듯 피곤하면서도 다 팔았다는 만족감에서 오는 과일 집 아주머니의 행복한 표정을 지금도 잊을 수 없다. 이렇게 힘든 일을 하면서도 아들 걱정만 하는 어머니, 그동안 싫은 소리 한마디 하지 않고 묵묵히 집안의 대들보 역할을 해 준 동생을 똑바로 바라볼 자신이 없다. 그저 미안했고 고마웠다. 열심히 대학생활을 해야겠다는 다짐을 했다. 그리고 허튼 곳에 돈 쓰지 못 하겠다. 저 돈이면 튀김을 몇 개 팔아야 하는데, 이렇게 나의 대학생활은 이미 시작되고 있었다.

02
캠퍼스가 너무 좋다!

'확인부터 한 번 해주시지, 군 휴학인데…….'

복학신청을 하러 갔더니 내가 작성한 서류를 보고 행정 담당 선생님들끼리 수군수군 하신다. '10학기 휴학?' 이게 되냐며, 아무래도 제적당한 것 같으니 저기 가서 재입학 서류를 작성해 오라고 권한다. 그렇게 한참을 설명하고 컴퓨터로 확인하고 나서야 복학 서류를 접수할 수 있었다. 다들 이런 경우는 처음이라며 신기해하신다. 요즘에는 나이에 상관없이 학구열을 불태으시는 분들이 많아 낯설 것도 없는데, 그래도 뒤늦게 학업전선에 뛰어든 학생들을 보면 그 사연을 궁금해 하는 사람들이 많은 것 같다. 특히 나처럼 어정쩡하게 높은 학번과 나이는 더더욱 그랬다.

지금, 내가 서 있는 이 곳. 캠퍼스의 향기가 너무도 특별하다. 캠퍼스의 봄은 너무도 화려하고 찬란하며, 오색 빛깔의 아름다운 꽃은 활기찬 학생들과 어우러져 한 폭의 그림이 따로 없다. 꽃이 지고 싱그러운 5월이 되자 캠퍼스에는 비로소 땀방울이 맺힌다. 너도나도 구린 빛 피부를 드러내며 땀을 흘리는 남학생들과 관심 없는 듯 고개를 돌리면서도 힐끗힐끗 훔쳐보는 여학생들의 수줍은 모습에서 진정한 캠퍼스의 젊음이 발산되고 있음을 느꼈다.

지금껏 얼룩무늬 국방색을 최고의 색으로 믿고 있던 나에게, 하늘하늘 거리며 아름다움을 뽐내는 여학생들의 원색 옷차림은 어디에 시선을 둬야할지 모를 정도로 온몸이 화끈거리게 만들었다. 꿈에 그리던 달콤한 연예를 상상하며 아름다운 여인과 캠퍼스를 거닐 생각을 하니, 나도 모를 미소가 입가에 번진다. 묵직한 전공 책을 한손에 안고 걸어가는 모습, 부러운 애정행각을 선보이는 다정한 커플들 그리고 끊임없이 무언가를 알리는 수많은 대자보와 현수막은 아직도 왼발 오른발을 맞춰 걸으며 보폭을 조절하는 나에게 새로운 세상에 입성했다는 것을 알리는 신호탄이나 다름없었다.

참으로 신기한 이곳. 불과 몇 걸음 지나왔을 뿐인데 학교 정문을 통과한 그 순간부터 공기가 다르고 햇살의 느낌이 다르다. 과목마다 다른 강의실을 찾기 위해 캠퍼스의 지도를 펼쳐들었다.

무슨 건물이 이리도 많은지. 어지러울 정도로 빼곡한 건물과 학생들 속에서 그만 길을 잃고 말았다. 순간 당황했다. 빨리 강의실을 찾아야 하는데. 어느 순간 시계의 시침과 분침을 이용해 캠퍼스의 북쪽을 찾았고 전방교회법, 후방교회법을 활용해 지도를 맞추고 있는 나를 발견했다. '군대가 아니야, 이래선 안 돼! 여기가 깊은 산 속도 아니고 지나가는 사람들한테 물어보면 되잖아!'

그렇게 붕 뜬 기분으로 얼떨결에 첫 학기를 보내면서 친구가 필요함을 절실히 느꼈다. 하지만 세월은 이미 5년이나 지나있었고 입학식조차 하기 전에 휴학을 신청한 터라 아는 사람이 없었다. 더구나 1학년 수업은 전공보다 교양수업이 많은 탓에 그나마 친밀감이 높은 학과 친구들을 꾸준히 만날 기회가 적었고, 신입생들마저 예비대학이라는 행사를 통해 이미 무리 지어 다니던 상황이었다.

그래도 어딘가 소속되어야 할 필요성을 몸으로 느끼고 있지 않은가. 캠퍼스 곳곳을 돌아다니며 각종 대자보와 동아리 모집포스터를 뒤지기 시작했다. 뭔가 희망이 보이는 듯 했다. 하지만 이내 한숨을 내쉬는 일이 반복됐다. 1학년이기는 했지만 이미 졸업학번을 가지고 있는 나는 어느 동아리에도 쉽게 가입할 수 있는 조건이 애초부터 안 됐고, 몇몇 학번과 나이 제한 없는 동아리에 가입했으나 금방 의욕을 잃고 자의반 타의반 흐지부지 되고 말았다. 시간이 지날수록 내가 생각했던 대학생활과 현실을 극복하지 못하고 스스로를 자책하는 시간이 길어졌고, 기어이 외로운 동굴로 들어가 쑥과 마늘을 먹는 과정을 반복하기 시작했다.

푹푹 찌던 여름방학이 지나고 1학년 2학기를 맞이했다. 이제 더이상 교내식당에서 혼자 밥 먹지 않으리라, 도서관에서 공부만 하지 않으리라! 이번 학기에는 반드시 어딘가 소속되리라 다짐했다. 대학교 친구들을 사귀고 싶었고, 그들을 통해 진정한 캠퍼스의 향기를 느껴보고 싶었기 때문이다. 쑥스러움이나 부끄러움 따위는 과감히 벗어 던졌다. 이제 막 동면에서 깨어난 배고픈 북극곰처럼 먹이를 찾아 더욱 적극적으로, 꼼꼼히 주변을 살폈다.

뭔가 정보를 얻기 위해 가판대에 있는 신문을 집어 들었다. 운명적인 교감이 시작됐다. 그것은 학생들이 직접 제작하고 발행하는 대학신문이었고 내가 궁금하고 원했던 정보들이 너무도 친절하고 자세하게 기록돼 있었다. 순간, 눈을 뗄 수 없는 행복과 기쁨이 밀려왔다. 세상에, 이런 것이 다 있었다니.

가을학기 수습기자를 모집한다는 공고를 발견하고 주저 없이 지원서를 작성했다. 이런 완벽한 조합이 또 어디 있을까. 신문이라면 고교시절 내내 배달하면서 줄기차게 보아왔던 터라 낯설음이 없었고, 언제고 기자가 되면 좋겠다고 생각한 적도 있기 때문이다. 더구나 대학신문 기자로 활동할 수 있다면 내가 알고 싶은 것들을 직접 취재하면서 친구도 많이 사귈 수 있겠다는 희망에 부풀었다.

지원서를 제출하고 어렵고 까다롭기로 소문난 서류심사, 논술, 면접에 연거푸 합격하는 기염을 토했다. 매순간 믿기 힘든 결과에 꿈이냐 생시냐를 반복하며 하늘에서 내려온 동아줄을 잡고 올라가는 기분이었다. 드디어 수습기자로 활동할 수 있는 자격을 얻은 것이다. 비로소 내가 꿈꾸던 대학생활이 시작된 것인가. 사실, 전역할 때만 해도 약간의 걱정과 설렘이 뒤섞여 있었다. 예비역들만이 겪는 외로움과 어려움을 익히 들어 왔기 때문이다. 이미 변해있는 대학풍토, 취직으로 정신없는 친구들 속에 반 박자 늦어버린 내 인생의 불안함이랄까.

하지만 변화가 좋은 것임을 몸으로 느꼈다. 찰나의 인연이 소중한 씨줄과 날줄이 되어 한 편의 비단을 만든다고 하지 않던가. 좀 더 많은 사람을 만나보고 싶었고, 저기 보이는 꼬불꼬불한 길만 통과하면 왕복 8차선 고속도로가 펼쳐지리라 믿었다. 이후 여러 가지 도전 끝에 전국 규모의 경제연합동아리 YLC(Young Leader's Club)에 가입할 수 있었고, 고교시절부터 이어오던 적십자 봉사활동을 계속하기 위해 부산지역 응급처치법 강사봉사회에도 등록하여 새로운 출발을 다짐했다.

주변 환경의 변화를 느끼자 몸에서 힘이 나기 시작했다. 그동안 앞에서 닫힌 문만 바라보다 등 위에서 열린 새로운 문을 보지 못한 것 같았다. 적(敵)은 내 마음에 있었을 뿐, 내가 마음을 열고 다가가니 다들 환영해 주었다. 따뜻한 밥에 맛있는 반찬이 속속

들이 채워져 내 생활에 비로소 윤기가 흐르고 군침이 돌기 시작한 것이다. 와~ 힘난다!

이렇게 시작한 26살 늦깎이 대학생 경호는 캠퍼스가 점점 좋아졌다. 매일매일 강의실을 쫓아다니며 캠퍼스를 걷는 이 순간이 어찌나 멋지고 폼 나던지. 내일은 어떤 수업이 기다리고 있을까, 또 어떤 친구들을 만나게 될까. 북적이는 교내 순환버스를 바라보며 내 스스로 영화 속 주인공이 된 느낌이었다. 그리고 오래된 지갑을 열어 군 신분증 앞에 새롭게 받은 학생증을 끼워 넣었다. 이제부터는 군장이 아니라 가방이라 불러야 한다. 군화가 아니라 신발, 연병장이 아니라 운동장이라 해야 한다. 그러면서 혼자 중얼댄다. 군 생활도 좋았는데, 여기는 더 좋아!

03
대학신문 기자로 산다는 것

　참 의욕적으로 대학생활을 시작했는데, 생각보다 어려운 점이 많다. 그 중심에 기자와 학생이라는 이중적인 신분이 학업과 병행하기엔 너무도 버거운 물리적 힘듦으로 작용하고 있다. 매주 치러지는 12페이지 분량의 기획 압박, 취재의 어려움, 마감의 공포는 온몸을 쇠사슬로 칭칭 감아 돌리듯 내 숨통을 죄어 온다. 신문사 때문에 리포트도 못하고, 신문사 때문에 친구랑 소원해지고, 신문사 때문에 장남 역할도 제대로 못하고…… 이런 것들이 정말 한두 가지가 아니다. 정작 궁금했던 대학생활의 향기는 맡을 기회조차 없고 기사작성을 위해 필요하다는 철학공부, 역사공부, 문학공부만 줄기차게 시킨다. 이것만 한 학기 분량, 이 과정을 성실히 이수해야 비로소 작은 부분부터 지면을 할당 받을 수 있다고 하니, 애초부터 내가 원했던 장엄한 기획기사나 주제기사로 이르기엔 그 항해가 너무도 멀고 험하다.

더구나 매주 새로운 신문을 발간해야 하는 일정상, 주말에는 어김없이 2박3일 신문사 합숙이 이루어진다. 주중 내내 학업과 씨름하며 기획하고 취재하며 수집된 자료는 주말 밤샘작업을 통해 겨우 기사로 작성되고, 각 부서 부장들이 승인한 기사만 편집기자에게 넘어가 신문의 레이아웃으로 포함되기 때문이다. 기자들은 주말 내내 극도로 예민해져서 신문사의 분위기는 등골이 오싹할 정도로 한기가 돈다. 그렇게 일요일 오후가 되면 편집국장과 책임부장들은 완전히 녹초가 된 몸을 이끌고 인쇄소로 향한다. 밤이 새도록 오타와 디자인, 기사의 논조를 점검하며 수정의 수정을 거쳐 편집국장이 최종 승인을 내리면 그제야 다음날 배포될 이번 주 신문이 완성되는 것이다.

월요일 아침에는 기자들이 총 출동해 용달차를 타고 학교 곳곳을 순회하며 신문을 배달한다. 그날은 어김없이 9시 첫 수업을 놓치거나 지각하기 일쑤고, 그나마 시원한 음료수와 선배들의 격려로 기분을 전환할 뿐이다. 그렇게 허겁지겁 한 주가 시작되고, 정규수업이 끝나기가 무섭게 저녁부터 열리는 이번 주 신문의 평가회의와 다음 주 발행될 신문의 기획회의가 진행된다. 정말 너무도 체계적인 피를 마르게 하는 시스템이다. 지금도 책상 한 귀퉁이에 보이는 담요와 베개가 향후 나의 신문사 생활의 모습을 예견하고 있는 것 같다. 아뿔싸~.

그렇다고 기사작성은 어디 쉬운가. 다 작성된 신문을 읽는 것과 빈 신문에 기사를 채우는 일은 그 수준부터 다르다. 아무리 열심히 작성해도 매번 돌아오는 것은 빨간색 코멘트로 난도질당한 글이 일쑤고, 처음부터 다시 써보자는 과감한(통빽) 권유도 흔하다. 매회 거듭될수록 느껴지는 처절한 나의 한계, 여기서 뒤따르는 심각한 좌절감은 '그만 때려치우자! 이거 해서 뭐하나! 짜증난다!' 로 표출된다. 선배들은 이보다 힘든 3년 임기도 잘 채우고 퇴임하는데, 이제 겨우 수습 딱지를 뗀 내가 신문사를 다 안다며 몇 번이나 휘저어 버리니 (수습기자들의 교육을 책임지는) 수습엄마는 언제나 답답하고 괴로운 표정이 역력하다.

신문사를 부정적으로 보기 시작하면 이곳의 모든 것이 불만덩어리로만 보인다. 매주 월요일 저녁 진행되는 다음 주 신문의 회의는 모든 기자들의 의견을 듣고 합의해야 한다며, 최소 5시간은 기본으로 깔고 시작한다. 도무지 효율이란 단어는 존재하지 않는 것만 같다. 저녁 6시부터 시작된 기획회의는 자정을 너무도 쉽게 넘겨버리고, 무미건조한 대화와 침묵마저 의견을 조율하는 중요한 과정으로 여기는 신문사의 특성은 간결하고 분명한 명령에 익숙한 나에겐 너무도 답답하고 참기 힘든 불합리한 요소였다. 더욱이 지면은 독자가 기자에게 위임한 것에 불과하다는 신문사의 지론과 언제나 독자의 시각에서 기사를 작성하고 판단할 근거를 제시해야 한다는 국장님의 설득은 대학신문에는 별 관심도 없는 학생들을 왜 그렇게 의식하는지 이해할 수 없었다. 그렇게 육체적으로 정신적으로 힘든 시기를 자의반 타의반 겨우겨우 조금씩 넘겨갔다.

하지만 신문사는 참 이상한 공간이다. 그렇게 힘들고 짜증나는 신문사를 버리지 못하겠다. 나도 모르게 '신문사 씨'는 내 삶의 전부가 되어 갔다. 하얀 창호지 끝에서 빨간 물감이 서서히 젖어들 듯, 내 마음속에 점점 신문사는 귀퉁이에서 중앙으로, 작음에서 큼으로 번져가고 있음을 느끼고 있기 때문이다. '내가 한 선택은 후회하지 않는다!'고 입버릇처럼 이야기하지 않았던가. 이 글을 쓰고 있는 지금도 나는 신문사에 있다. 은연중에 기사를 찾기 위해 다른 학생들의 말에 귀 기울이고, 학내 주요 사안에 관심을 가지며 타 대학의 신문을 습관처럼 넘기고 있다.

사실 지금의 대학신문(학보사)은 심각한 위기에 놓여있다. 대학신문은 대학에서 그 구성원을 독자로 하고 학생이 취재·편집하여 발행하는 신문으로 사실 보도와 비판이 중심 기능이라는 점에서 일반 신문과 같다. 하지만 그 대상이 대학이라는 공간에 집중되어 연구 및 교육활동을 하고, 대학여론을 수렴하는 역할을 담당하고 있다는 측면에서 다소 특수한 성격을 띠고 있다고 볼 수 있다.

우리나라 최초의 대학신문은 1912년 미국의 선교사가 세운 평양의 숭실학교 〈숭대시보〉라 할 수 있는데, 8·15광복 후에는 1946년 경성대학예과신문이 처음 발간되어 오늘날에는 전국의 거의 모든 대학에서 신문이 발행되고 있다. 최근에는 대학 규모가 커지고 구성원들이 지향하는 욕구가 다양해지면서 대학 기관들이 별도의 신문을 발행하는 경우도 늘고 있으며, 대학 외부에서 대학생을 대상으로 간행되는 여러 형태의 신문도 공존하고 있는 상황이다.

그동안 대학신문은 1970~80년대 학생중심의 여론주도에 의한 민주화 노선에 기여한 이후, 민주화가 상당 부분 이루어진 오늘날에도 그 정치적, 사회적 개혁이 대학신문의 주요 목표라는 전통적 가치관을 유지하고 있어, 다양한 언론매체들 속에 고삐 풀린 망아지처럼 어정쩡한 위치에서 갈 길을 잃고 있다. 최근의 심각한 구직난과 88세대의 등장으로 대부분의 학생들이 취업이라는 시대적 사명에 목숨을 걸 수밖에 없는 상황이 되어버려 대학신문이 게재하는 기사가 별다른 영향을 미치지 못하고 있다. 더욱이 신문사 내부의 과중한 업무로 기자들조차 중도 포기하는 경우가 늘어 심각한 인력부족에 기사의 질은 갈수록 저하되고 독자의 요구를 충족시키지 못하는 악순환이 되풀이 되고 있다.

현역 기자 3명이 열두 지면을 모두 채웠다는 전설적인 이야기가 끊임없이 반복될 위기에 처해있는 것이다.

일부 대학에서는 신문사와 방송사 그리고 교지 등의 대학언론 매체들을 통·폐합하여 경쟁력을 강화하겠다고 하지만 그 효과는 미비한 실정이다. 가장 중요하다는 편집권조차도 학생들이 나아가야 할 방향에 맞춰지지 않고, 학생들의 편집권 사용에 관한 감각도 무뎌져 시간이 흐를수록 대학신문은 점점 더 그 역할과 고유의 위치를 상실해 가고 있다. 진정, 무엇이 문제이며 이 문제를 어떻게 해결할 것인가. 이것은 단순히 과거 우리 사회의 변화를 가장 선도적으로 이끌었던 대학신문의 존폐여부를 떠나, 곧 우리 사회의 주류로 나아갈 학생들의 가치관을 분석해 본다는 측면에서 충분한 의미가 있다.

우선 가장 시급한 문제는 대학신문 스스로 독자를 확보하려는 노력을 끊임없이 해 나가야 한다는 점이다. 여론주도로 대학의 문제점을 파헤쳐서 시정하는 것이 대학신문의 원론적 책임이고 의무라고는 하지만 주간 또는 격주 발행

으로는 상당히 힘든 일이며, 정치적·사회적 변화를 이끄는 것 역시 중요하지만 대학신문의 한계를 명확히 인식하고 여론주도 못지않게 여론수렴에도 적극 나설 필요가 있다는 것이다.

또한 독자가 원하는 신문을 만들기 위한 채널을 충분히 마련해야 한다. 대학신문의 일차적인 독자는 학생, 교수, 직원, 동문, 학부모이다. 적어도 대학신문은 이들이 원하는 신문을 만들어야 하는 책임이 있는 것이다. 독자의 요구사항은 전혀 고려되지 않는 상태에서 일방적으로 배포되는 신문은 외면당할 수밖에 없다. 요즘은 인터넷이라는 유용한 도구가 있는 만큼, 이를 잘 활용한다면 다양한 학내 구성원들의 여론을 보다 효율적으로 수렴할 수 있고 일차적인 독자가 피부로 와 닿는 '우리들의 기사'를 작성할 수 있을 것이다.

그리고 대학신문은 진정한 대학문화 창출을 통한 문화적 변화에 앞장서야 한다. 민주화와 산업화가 어느 정도 이루어진 나라는 정치나 사회적 개혁의 가능성은 줄어들고, 상대적으로 개선의 여지가 많은 문화적 분야에 집중해야 한다. 문화적 선진화가 동반되지 않는 민주화와 산업화는 한계에 부딪힐 수밖에 없으며, 그 대표적 실례가 오늘의 대한민국이란 점을 곰곰이 생각해 보아야겠다.

이와 함께 학생기자들의 취재활동 여건 개선이 필수적으로 요구된다. 현장에서 경험한 대학기자들의 생활은 너무도 열악하다.

한 학기 신문을 무사히 발행하기 위해서는 (때로 필요한) 계절학기 수업도 듣지 못한 채 일방적인 희생을 강요받고 있다. 방학부터 시작되는 수많은 평가회의와 기획회의는 조금의 개인적 시간도 허용되지 않고 있다. 신문이라는 것이 책상에 앉아서 회의만 줄기차게 한다고 좋은 기사가 나오는 것이 아닌 것만큼, 기자들 스스로 대학사회에 몸을 던져 일반 학생들보다 더 많은 경험과 교류를 실천해 옮길 수 있도록 좀 더 안정된 기자들의 처우 개선이 필수적으로 요구된다. 원고료 조금 더 올려주고, 장학금을 조금 더 준다고 모든 게 해결되는 것이 아님을 학교 당국은 알아야한다. 한 가지 방법을 제시한다면, 대부분 대학기자들은 언론활동에 관심이 있거나 관련 분야에 취직하기 희망하는 학생들이 많다. 기자활동을 통해 조금이라도 학점이수를 가능하게 하여 학기중 부담을 줄이고, 이런 활동과 경험을 우리 사회에서도 경력으로 인정해 주었으면 하는 바람이다.

끝으로 신문의 독자들, 특히 학생들의 역할이 무엇보다 강화되어야 한다. 대학신문은 학생들이 만드는 만큼 학생들과 가장 깊이 관련되어 있으며 대학신문의 존재이유가 학생 때문이라고 해도 과언이 아니다. 신문은 거들떠보지도 않으면서 폐지로 인식하거나 우산 또는 깔개, 배달음식 덮개 등의 엉뚱한 용도로 사용하는 학생들을 보면 정말 가슴이 아프다. 마음에 들지 않는 부분이 있다면 따끔한 질책을 가해서 새롭게 바꾸려는 학생들의 뜨거운 사랑과 관심이 어느 때보다 필요한 시점이다. 대학신문이 바뀌면 학생과 대학이 함께 바뀌고, 멀지 않은 미래에 대한민국이 바뀔 것이다.

　내 비록 신문사에서 제시하는 3년의 임기를 채우지는 못했지만 대학신문에 대한 애정은 그 누구보다 크다. 대학신문 기자활동을 하지 않았다면 대학문화와 우리 사회에 대해 어찌 그리 많은 관심을 가질 수 있었을 것이며, 그 다양한 학문과 여러 분야의 교수님들을 두루 만나 볼 수 있었을까. 언제나 대학이란 공간에서 우리들의 역할을 고민하는 전국의 대학기자들과 교류하며 세상을 알아가고, 나의 역할과 위치를 확인해 볼 수 있었던 원동력은 대학신문 기자로 활동했기 때문에 가능했다.

　흔하지 않은 해외취재와 다양한 언론교육을 통해 전공분야에만 묻혀 지낼 뻔했던 대학생활을 벗어날 수 있었음에 너무도 감사하고 있다. 실제로 여러 공모전에 입상하고 각종 기업 홍보활동에서 두각을 나타낼 수 있었던 이유도 대학신문 기자로 활동했다는 이유를 빼놓고는 설명하기 힘들다. 뜨거운 가슴과 차가운 머리 그리고 부지런한 손과 발을 가지고 싶다면 과감히 대학신문 기자로 활동해 보길 강력히 권하고 싶다.

　대학신문은 언제나 높이 날아 멀리 보는 새가 되어야 하겠지만, 지금 현재 낮게 날고 있는 새라면 그 위치에서 내 눈앞에 펼쳐진 가까운 세상을 더욱 꼼꼼히 챙겨 볼 수 있는 지혜를 가졌으면 좋겠다. 그것이 현실에서 꿈을 이룰 수 있는 유일한 방법이기 때문이다. 오늘도 편집실에서 밤을 지새우며 기사작성에 여념이 없는 후배들에게 큰 박수를 보낸다. 결코 그 노력과 시간이 헛되지 않을 것임을 선배로서 자신 있게 말해주고 싶다. 또한 전국의 대학 언론인들에게 따뜻한 애정과 사랑이 듬뿍 쏟아지길 소망해 본다.

04
여성 걸주, 남성은 어디에

    이번 학기 자유선택과목으로 법학과에서 개설된 '지적재산권법'이라는 수업을 듣고 있다. 공학도로서 평소 특허의 중요성을 절감하던 나는 '다소 어려울 지라도 제대로 한번 배워보리라'는 마음으로 과감히 수강신청을 했다. 특히 이 과목은 한국특허청과 세계특허청(WIPO)이 공동으로 지원함으로써 세계특허청장 명의의 수료증을 받을 수 있고, 연륜 있는 국제변리사와 로스쿨 교수님의 강의가 예정되어 있었다. 강의 수업 내용 외에도 스스로 궁금한 점을 해결할 수 있도록 온라인 보충강의와 각종 자료집이 제공되는 등의 탄탄한 커리큘럼으로 이미 많은 학생들이 큰 기대를 갖고 수업에 참여했다.

한 학기가 마무리 되는 시점, 힘들었지만 내 자신을 성장시킬 수 있는 탁월한 선택이었다고 자부한다. 사실 이 수업의 배경이 되는 민법과 물권법 같은 지식이 없는 상태에서 교수님이 제시하는 법조문 하나 제대로 해석할 수 없다는 현실이 암울하기도 했지만, 공대생으로 알고 있어야 할 흥미로운 판례들이 너무도 유익했다. 더구나 처음으로 경험한 법학과 수업이라 그런지 모든 것이 신기하고 새로웠다. 쉬는 시간에도 검은색 안경을 쓰고 도서관에서 공부만 할 것 같은 법학도들이 너나 할 것 없이 평범한 주제로 수다를 떠는 모습조차 흥미로웠다.

중간고사 때, 시험 답안지를 받고 정말 당황했다. 수정할 수 없는 볼펜으로 작성하라는 서술형 문제. 이유는 사법시험에서 진행되는 방식이기 때문에 평소에 적응하는 습관을 기른다는 취지였다. 단 한 번의 기회만 주어지는 답안작성(뒤늦게 두 줄을 긋고 수정할 수 있다는 걸 알았다)은 이해하기도 힘든 법률적 용어들이 뒤엉켜 타과생으로서는 너무도 고통스러운 시간이었다. 쓸 말도 없는데 A3용지 두 장을 앞뒤로 빽빽이 채우고 나가는 법대생들이 경이롭기까지 했다. 다행히 기말고사는 특허청에서 제공한 객관식 평가로 대치된다고 해 그나마 안심했다. 하지만 기쁨도 잠시, 영문시험이라고 한다. 한글로도 이해하기 힘든 법조문을 영어로 읽고 해석이나 할 수 있을지 앞이 깜깜해졌다. 학점은 이미 하늘의 운명에 맡기고 마음을 비웠다.

법대 수업의 풍경은 왠지 모를 긴장감이 찬 공기를 가르며 강의실을 맴 도는 듯했다. 우리 수업에는 이미 변리사 시험에 합격해 연수를 다녀온 친구도 있었고 사법고시에 합격한 친구도 있었지만, 대부분의 학생들은 두꺼운 법전과 어려운 한자가 빼곡한 전공 책을 양손에 들고 강의실을 분주하게 오가는 모습이다. 노트북을 들고 전산실을 옮겨가며 복잡한 컴퓨터 알고리즘 짜내는 우리 학과 학생들과 묘하게 오버랩 됐다. 기존의 법학과 학생들은 로스쿨 전환이 완료되면서 사라지는 '시한부' 사법고시에 합격하기 위해 다소 초조한 모습을 보이기도 했다. 평소에는 관심도 없던 로스쿨의 등장이 우리 사회의 법조인들을 어떻게 양성하고 관리해 나가야 하는 건지 진지하게 고민해 보기도 했다. 그 중에서도 이번 수업 내내 느낀 신선한 충격은 여학생들의 두드러진 약진이었다.

한국 특허청에서는 매년 이 수업을 수강한 학생들을 대상으로 스위스에서 열리는 세계특허청 여름학교에 참가할 학생들을 추천하고 있었는데, 우리 학교에서도 전국 본선 경쟁에 참여할 인원을 뽑기 위해 자체 선발과정을 실시했다.

최종 예선에 응시한 22명은 상당히 뛰어났다. 10분 정도의 영어 발표와 법률적 지식으로 개인별 점수가 매겨졌고, 최종 선발된 3명의 학생이 발표됐다. 모두 여학생이었다. 모두들 변리사

시험을 합격한 카투사 출신의 남학생이 부동의 0순위라고 생각했는데 정말 의외의 결과였다.

이어 교수님의 간단한 선발 소감이 이어졌다. 전체적으로 여학생의 영어 발표능력과 법적 지식이 남학생들보다 뛰어났다는 말씀이다. 실제로 그랬다. 여분의 수업 시간을 활용해 선발된 여학생의 영어 프레젠테이션을 들어볼 기회를 가졌는데, 그 흔하다는 어학연수 한 번 없이 독학으로 원어민 수준의 영어 발표능력을 구사하고 교수님의 까다롭고 어려운 질문에도 막힘없이 답변하는 탁월한 법률적 지식에 감탄했다. 그 가운데 A4용지가 모자랄 정도로 작은 글씨가 깨알같이 적힌 발표 시나리오가 발표자 책상 위로 살짝 보였다. 오늘의 발표가 피나는 노력과 끈기로 이뤄낸 결과라는 사실을 짐작할 수 있었다.

작년 한 해, 여성의 사법고시 합격자 비율이 30%를 넘어섰고, 판사나 검사로 임용되는 비율도 60%에 육박하고 있다. 각종 고등고시에서도 여성의 수석합격이 낯설지 않는 이유는 남성중심의 사회적 편견마저 실력으로 이겨내고야 말겠다는 여성들의 억척같은 노력이 숨어 있다는 사실을 반증하고 있는 것이다. 목표를 위해 바보스러울 만큼 우직하고 강한 끈기를 발휘하는 여성들의 학업 성취능력은 이미 중·고등학교 때부터 두각을 나타내고 있다. 오죽하면 남학생 학부모들 사이에서는 자녀들의 내신 성적을 위해서라도 남녀공학은 피해야 한다는 암묵적 통념이 있을 정도다. 이런 성향은 남학생이 월등히 높은 비율을 차지하고 있는 공과대학에서도 여학생들의 성적은 대부분 상위에 포진해 있는 상태로 체감하고 있으며, 우수한 실기 능력까지 겸비한 천재적인 수재들도 대거 포함되어 있다. 바야흐로 여성 상위시대가 도래한 것이다.

이런 사회적 현상은 자연스럽다고 생각한다. 지금껏 대한민국은 여성들에게 너무나 불공평한 사회적 편견 속에 참고 살아가야 한다는 압박감을 주었다. 그들의 능력과 관심분야는 전혀 반영되지 않는 채, 사회적·가정적 책임만을 강요해 왔다. 인구의 절반이 여성이라면 여성의 사회적 참여도 절반에 도달해야 한다는 생각이다. 함께 공존해서 살아가는데 남성만 해야 하는 일, 여성만 해야 하는 일은 인간이 관여할 수 없는 신의 영역뿐이다.

여성들이 질주하고 있다. 솔직히 남성으로 위기감을 느끼지 않을 수 없다. 그래서 더욱 열심히 노력해야겠다는 생각이 든다. 남녀 차별 없이 실력으로 승부하고 여성의 신체적 어려움은 남성들의 인간적인 배려로 아름답게 살아갈 수 있는 사회가 되었으면 좋겠다. 그리고 남성들도 힘냈으면 좋겠다. 그 변화의 물결에 대학이 움직여야 한다.

05
나에게 자격증

　나에게 자격증이란 뭘까. 얼마 전, 한 번의 고배를 마셨던 CCNA(Cisco Certified Network Associate certification) 국제 자격 시험에 두 번째 응시를 마치고 많은 교훈을 얻었다. 사실 이 자격증은 컴퓨터 네트워크로 입문하는 정도의 수준이지만 영어로 출제되고 매번 새로운 형식의 문제가 도입되는 탓에 응시생들의 합격률은 현저히 낮은 것으로 알려져 있다. 그래서 이 시험을 준비하는 사람은 보통 다른 나라에서 본 최신 기출문제를 구해 출제경향을 분석하고 문제와 답을 외우는 식의 공부를 한다. 이런 방법을 이용하면 네트워크의 꽃이라 불리는 라우터(router)

한 번 만져보지 않고서도 시뮬레이션 프로그램을 통해 시험에 합격할 수 있게 된다.

지난 시험에서 10점차로 아깝게 떨어지고 한동안 그 충격에서 벗어나지 못했다. 그래도 전공인데 기초부터 탄탄히 하고 싶었다. 학교 수업에서 배웠던 네트워크 이론을 다시 총 복습하고 실제 라우터를 직접 만지면서 실습 감각을 쌓았는데 시험 치는 요령과 정보가 부족했다는 생각이 들었다. 5문제가 엮긴 네트워크 시뮬레이션 구축 문제를 한 문제가 끝인 줄 알고 그냥 넘겨 버린 것이다. 수십만 원에 이르는 응시료가 부담됐고 이번에는 꼭 합격하고 싶어서 '합격 모드' 공부 방식을 전환했다. 외국 인터넷 사이트에서 수백 개의 기출문제를 구했고 이를 중점적으로 외웠다. 어려운 개념은 처음부터 이해하려는 노력조차 하지 않았고 라우터 실습도 외면한 채 기출문제 정답만큼은 확실하게 외웠다. 시간이 지날수록 내가 구한 기출문제가 점점 바뀌 출제된다는 소문을 듣고 최대한 서둘렀다. 긴장감과 촉박함까지 더해진 나는 모든 기출 문제를 다 외워버리는 수준까지 이르렀다. 나중에는 문제를 보지 않고서도 답을 맞힐 수 있었고, 어느 정도 변형된 문제에 대한 적응도 충분히 마쳤다. 합격은 당연한 결과라고 생각했고, 몇 점을 받을지 궁금할 뿐이었다. 실습이 필요한 모든 라우터 조작 명령어와 네트워크 구축 순서까지 모조리 외워버렸으니.

시험 당일, 학교 도서관에서 마지막 밤샘 점검을 마치고 고사장으로 향했다. 간단한 오리엔테이션을 마치고 컴퓨터로 시험문 제를 확인하는 순간, 이게 웬일인가! 시험문제가 한글로 나오는 것이 아닌가. 당황했다. 모든 문제를 영어로 익혔고, 정답도 영어로 외웠는데 한글이라니. 정말 어이가 없었다. 비영어권 응시자를 위해 영어지문을 번역기로 돌려 제공한 듯 보였다. 내 머릿속에는 오직 문제에 맞춰진 정답만 가득할 뿐, 문제를 읽고 이해할 수 있는 그 어떤 능력도 갖추고 있지 못했다. 단순히 영어를 한글로 바꿔 놓았을 뿐인데 모든 문제가 전혀 다르게 보였고, 뭐 하나 손대보지도 못하고 보기 좋게 떨어졌다. 뒤늦게 확인해 보니 한국어 시험으로 잘못 신청한 사실을 알게 되었다. 하지만 때는 이미 늦었다. 아껴 모았던 응시료 250달러는 순식간에 하늘로 날아갔고 일주간 모든 것을 포기하고 시험에 쏟아 부었던 노력이 너무도 허무한 결말로 이어진 것이다.

왜 시험에 떨어졌을까. 시험 접수코드를 제대로 기록하지 못한 나의 실수를 원망해야 할까, 한국어로 접수한 최초의 응시생을 보고도 이상하게 생각하지 않은 담당자를 원망해야 할까. 아니면 한글로 나왔어도 좀 더 침착하게 문제를 읽어보려 하지 않은 내 정신력의 문제인가. 생각은 꼬리에 꼬리를 물고 점점 더 깊은 좌절감에 빠져들었다.

대학에 입학할 당시 나는 11개의 자격증을 취득했다. 고등학교 수준의 변변치 않은 자격증이지만 열심히 보낸 학창시절의 소중한 추억으로 지금도 잘 간직하고 있다. 졸업할 때는 모범상을 받고 우쭐댔으며, '자격증 개수가 곧 나의 실력'인 줄만 알고 지냈다. 최소한 자격증 시험 접수를 해두면 돈이 아까워서라도 어떻게든 공부를 하게 되니, 그러면서 내 실력도 조금씩 쌓이지 않을까 하는 나름의 믿음이 있었다. 하지만 그릇된 나의 공부 습관은 이때부터 형성됐다. 결과위주의 습관적 시험응시로 공부기간은 턱없이 부족할 수밖에 없었고, 오직 합격만을 위한 기출문제 외우기만을 반복하기 시작한 것이다. 불행인지 다행인지 세 번 응시하면 한 번 정도 합격하는 승률을 기록했고, 한 두 번의 실패는 당연하다는 안일함까지 가졌다. 그래야 왠지 극적이고 더 가치 있게 자격증을 취득했다는 생각을 한 것 같다. 뭐가 중요한지도 모르는 채 어느덧 잘못된 길로 걷고 있었다.

사실 우리나라 대부분의 자격증 시험은 기출문제만 열심히 보면 합격한다는 공식이 어느 정도 증명된 상태고, 나 역시 이런 혜택을 누린 셈이다. 이런 나의 습성이 오늘의 처참한 결과로 이어진 것이다.

최근, 초등학생에게 불어 닥친 자격증 취득과 경시대회 열풍은 더 많은 걱정을 안겨준다. 12살 초등학생이 꼬마 대장금이라 불리며 한식·일식 조리기능사 자격증을 따고, 초등학교 4학년 어린이가 국내 최연소 미용사가 됐다는 인터뷰를 접하고 대단하다는 감탄보다 안타까운 느낌이 들었다. 어린이가 특정 분야에 탁월한 능력을 발휘하거나 몰두하는 모습을 보인다면 자격증은 이러한 능력을 발전시키는 데 도움이 될 수 있다. 하지만 대부분의 어린이들은 자신이 왜 그런 자격증을 따는지도 모르는 채 부모들의 욕심을 채우는데 내몰리고 있다는 데 더 큰 문제가 있다. 이미 컴퓨터 워드프로세서 시험이나 한자시험의 40%는 초등학생이 차지하고, 연간 응시자 수가 100만 명이 넘어선 펠트(PELT)나 토익브리지 같은 초등영어능력시험에서도 그 분위기를 충분히 알 수 있다.

대학 입학교환권이라 불리며 열병처럼 퍼지고 있는 각종 경시대회는 어떤가. 몇 명의 입상자를 위해 수만의 청소년들을 낙담에 빠트리고 있다. 실제 능력을 발휘하기도 전에 경시대회로 걸러내는 지금의 교육시스템은 뒷심을 발휘할 수많은 학생들을 너무 일찍 집으로 돌려보내고 있는 것은 아닐까.

자격증 획득은 그 과정을 통해 나의 능력을 개발하고 흥미를 북돋아 주는 중간단계의 목표로 활용해야 한다. 오로지 합격만이 최종 목표가 되면서 우리 사회에서도 자격증과 개인의 실력은 이미 그 정비례 곡선을 벗어나 있다고 판단하고 있다. 학생들은 남들이 하니까 나도 안 할 수 없고, 그렇다고 쉬운 것도 아니다. 뱅글뱅글 도는 원판 위를 제자리걸음으로 뛰는 듯하다.

매달 마지막 일요일은 토익시험으로 전국의 대학가를 병들게 만든다. 학교는 텅 비고, 단 5점이라도 올리려면 매달 꾸준히 응시해야 한다는 무언의 법칙이 나의 자격증 취득과 무관하지 않음을 알게 됐다. 왜 자격증을 취득하려고 했는가. 이력서에 한줄 채우기 위해서, 다른 사람에게 보여주기 위해서, 아니면 다들 하니까. 11개의 자격증에 진정한 내 모습은 없다.

오늘도 '출석률이 합격률'이라는 현란한 글씨로 유혹이나 하듯 캠퍼스 곳곳에 붙어있는 속성 컴퓨터·한자 자격증 취득반 모집 포스터를 보고 나도 모르게 인상이 찌그러졌다. 돈으로 사온다는 자격증, 과연 진정한 내공이 쌓일까. 이미 족집게 강좌로 합격한 나의 최후가 이를 증명하고 있지 않은 가. 나에게 제대로 된 공부가 있었다면 한글문제가 나왔든, 영어문제가 나왔든 무슨 상관이 있었을까. 실력보다 요령으로 살아온 지난 시간들이 후회된다. 최후의 한 방은 진정한 실력에서 나옴을 절실히 깨닫는다. 부디 자격증의 진정한 의미를 알고 실력으로 인정받는 대학생이 되길 소망한다. 우리 사회도 그런 학생들을 잘 구분해 주었으면 좋겠다.

06
소비만 하는 대학문화

오늘 하루도 바쁘게 보냈다. 사실 바쁘게 보냈다기보다는 그냥 허겁지겁 보냈다는 느낌. 어제 PIFF(부산국제영화제 10회 이벤트 진행팀) 모임에 갔을 때부터 시험공부는 뒷전으로 밀려나고 말았다. 하지만 너무도 의미 있는 시간이었다. 무엇보다 지난 시절 소중한 추억을 함께 나눴던 열정적인 친구들과 재회할 수 있는 기쁨을 얻었고, 내 또래 친구들이 살아가는 모습도 보면서 이런저런 이야기도 나눌 수 있었기 때문이다. 어찌 이렇게 멋진 친구들만 모였는지 나는 참 복이 많은 사람이다. 싱거운 반찬에 간이 맞춰지고, 적절한 온도와 습도가 형성되면서 척박한 내 삶에도 비로소 숙성의 시간이 도래했음을 느꼈다. 대학 이야기, 사람 이야기, 취직 이야기, 연애 이야기, 정치 이야기 그리고 우리들의 이야기. 끊임없는 주제가 이어지고 서로의 생각을 교환하면서 우리만의 작은 세상이 펼쳐진다. 특히 대학문화에 대한 경훈이 형의 생각을 들어볼 수 있어서 너무 좋았다.

정말 내가 생각하기에도 요즘의 대학생들은 단순한 소비자로 전락한 느낌이다. 그래도 예전에는 대학문화라는 것이 무언가 생산을 하면서 소비하는 프로슈머(prosumer)의 개념이었는데 지금의 대학문화는 대중문화에 휩쓸려 소비만 하는 형태로 변했고, 대학문화가 대중문화에 아무런 영향을 주고 있지 못하다고 해도 과언이 아니다. 대학을 졸업하고 1년간 취직준비 끝에 증권사에 입사한 수정이는 자신이 하고 싶은 일은 전혀 할 수 없고, 4년간 배운 중국어도 다 잊어버리는 것 같다며 답답한 심정을 토로했다. 회사에서도 신입사원은 또 다른 형태의 소비자로 취급하는 느낌이다.

우리 학교에는 꽤 유명한 춤 동아리가 몇 개가 있다. 매년 대학로에서 두 차례 발표회를 가지면서 상당한 인기를 얻곤 하는데 어느 순간부터 대중 가수들의 춤과 음악을 똑같이 모방하고 있음을 느꼈다. 예전에 보던 학생들 나름의 '다름'은 더 이상 발견할 수 없었고, 관객들도 대중 가수들을 가장 유사하게 모방했을 때 더 큰 호응과 관심을 보낸다. 사태가 이렇다 보니 대중문화는 점점 더 상업적이고 선정적인 성향이 짙어지고, 대학생들도 그런 변화를 당연한 듯 받아들이고 있다.

최근 급속히 증가하는 대학생 중심의 공모전을 봐도 이를 쉽게 짐작할 수 있다. 무엇이든 지금의 기성문화를 최대한 비슷하게 모방했을 때 인정하는 분위기가 우리 안에 물들어 있는 것이다. 왜 모든 장기자랑이 TV코미디 개그콘서트와 똑같아야 하는지 자존심이 상한다. 어쩌면 취업양성소로 전락해 버린 지금의 대학에서는 이 같은 현상이 필연적인 결과인지도 모른다. 그래서 밤낮으로 북적되는 대학가는 한없이 적막한 것일까.

3월의 대학가는 술로 넘쳐난다. 신구대면식, 동아리 모임, 학과출범식 등 명목은 실로 다양하다. 하지만 술자리에서 이른바 지성인이라는 대학생들의 진지한 눈빛은 찾아보기 힘들어 졌다. 대부분 선배들은 잡담을 늘어놓으며 '마셔, 마셔!'를 연발했고, 친구들의 불꽃 튀는 연애담만이 흥미 있는 주제가 된다. 술을 계속 마시면 술 말고 다른 무언가가 채워질 줄 알았으나 그런 작은 소망(?)은 결국 이루어지지 않았다.

중간고사가 끝난 5월은 대학마다 대동제가 열린다. 관심 있는 다른 대학의 축제에 가 보았으나 정작 학생들이 주축이 되는 본행사에는 관심이 없고, 인기가수의 공연순서가 임박하자 다들 노천공연장으로 몰렸다. 학생들은 목 놓아 열광했다. 노래가 끝나자 언제 그랬냐는 듯이 썰물처럼 빠져나갔다. 사회자는 좀 더 자리를 지켜달라고 호소해 보지만 텅비어가는 자리를 망연히 바라볼 뿐이다.

대학문화는 휴대폰이 대중화되던 지난 2000년을 기점으로 급속히 변화한 것 같다. 그나마 삐삐라는 것이 있을 때만 해도 캠퍼스엔 사람 냄새가 나고, 개성 뚜렷한 젊은이들이 활기를 띈 곳이었다. 휴대폰이 없던 시절, 약속은 신중할 수밖에 없었고, 그 가운데 서로간의 믿음과 신뢰가 대학문화의 다양성을 뒷받침하고 있었다. 그나마 나와 다른 것을 고민하고 세상을 향해 외칠 수 있는 풍토가 조성되어 있었던 것이다.

하지만 지금은 단순한 이해관계에 맞물려 이해타산적인 인간관계를 맺고, 자신에게 도움이 되지 않는 일엔 관심조차 보이지 않는다. 12년간 학창시절을 보내면서 입성한 캠퍼스에서 공부보다 중요한 건 내 주변의 변화에 관심을 가지는 일이다. 지금의 대학생들은 대학입학과 취직이라는 목표만 다를 뿐 고등학생과 별다른 차이점을 발견하기 힘들다. 너무도 슬픈 현실이다.

선진화된 문화는 획일적이지 않고 다양하며, 문화의 생명력 자체가 다양성이 있다. 우리 문화가 다양하지 못하다는 단적인 증거는, TV 드라마와 연예인 대담이 대표하는 대중문화에 대학생들까지 넋을 잃는 현실에서도 확인할 수 있다. 대중문화를 폄하할 생각은 없지만 대학문화는 대중문화와는 달라야 하는데, 유감스럽게도 오늘날 대학에는 눈을 씻고 봐도 고유한 문화가 잘 보이지 않는 것 같아 안타깝다.

말도 안 되는 세계 평화에 대해 이야기 해본 적이 있는가. 막걸리 한잔 놓고 끝나지도 않는 한국 정치사를 놓고 밤이 새도록 토론해 본적이 있는가. 내 문제가 아닌 우리의 문제, 사회적인 문제에 대한 자신만의 관점을 갖고 있긴 한가. 물에 물 탄 듯 술에 술 탄 듯 희미해져만 가는 대학생들의 영혼에 진정한 사람 냄새가 나지 않는다.

달고, 쓰고, 시고, 짜고, 맵고. 혀가 느끼는 이 맛은 우리 표정에 그대로 나타난다. 삶에 있어서 적절한 조화가 맛있는 음식을 만들지만, 때로 우리는 지독히 단맛과 신맛을 추구해야 할 경우가 있다. 적절함에 익숙해 있는 우리는 물맛은 없다고 말하지만, 목마른 자에게 물맛이 어떠하냐고 물어보면 그 어떤 것보다 맛있다고 말한다. 대학생들은 우리 사회와 가장 근접해 있는 계층이다. 때문에 현실과 이상을 이어줄 수 있는 유일한 계층이기도 하다. 지금의 다양한 문제는 앞으로 우리가 해결해 나가야 할 사항일 가능성이 크다. 이제 곧 주류사회에 편입되어 밥숟가락 하나 놓기 위한 전쟁에 돌입할 테니 말이다.

이런 상황에서 우리 대학생들이 나아가야 할 올바른 방향은 무엇인지 고민하게 된다. 과연 무엇일까. 방향이 있긴 있는 건가. 그 가운데 내가 할 수 있는 일은 무엇일까. 내일 당장 기말고사를 앞두고 이런 생각이나 하고 있는 내가 답답하다. 하지만 이것은 정말 중요한 문제인 것 같다. 국민의 세금으로 우리나라 최고의 고등교육을 받고 취직 하나에 목매고 싶진 않다. 자신의 꿈이 무엇인지, 자신이 진정으로 하고 싶은 것이 무엇인지 생각해 보지도 않고, 눈앞에 보이는 미시적인 문제 해결에만 급급한 현실을 바라보고 있을 수만은 없다는 생각이다.

모두가 꿈꾸는 대학생활이 취업과 학점에만 매달리는 현재 우리의 모습은 아닐 것이다. 대학생 스스로 실종된 대학문화를 찾아 내려 하고, 문화의 소비자로 만족하기보다는 문화의 주체가 되려고 힘써보길 권하고 싶다. 때로 실수하고 실패하도라도 좌절하지 말고 새로운 대학문화를 만들기 위한 실험을 계속해주길. 그래서 마침내 우리를 짓누르고 있는 일상의 답답함을 떨쳐낼 수 있었으면 좋겠다.

07
바쁜 대학생, 많음보다 깊이를

　내가 전공하는 컴퓨터공학에서 'CPU 스케줄링' 이라는 용어가 있다. CPU는 컴퓨터의 가장 핵심적인 연산장치(인간의 두뇌 같은)를 말하며, 이를 효율적으로 사용하기 위해 스케줄링이라는 개념을 도입하고 있는 것이다. 쉽게 이야기 하면 CPU 스케줄링이라는 방식 때문에 우리는 음악을 들으면서 동시에 문서를 작성할 수 있고, 매신저를 확인할 수 있게 된다. 말 그대로 멀티태스킹 환경이 구축되어 한 대의 컴퓨터가 여러 개의 프로세스(프로그램)를 동작시킬 수 있게 되는 셈이다. 믿기 힘들겠지만 불과 20년 전만 해도 해도 한 대의 컴퓨터는 하나의 프로그램 밖에 실행시킬 수 없었다.

하지만 이것은 우리가 보는 관점에서 나타는 착시현상일 뿐, 실제로 한 대의 컴퓨터는 아무리 많은 프로그램 실행이 요구된다 하더라도 어느 한 순간(Δt)에는 한 가지 프로그램 밖에 실행시키지 못한다. 그런데도 우리가 이를 느끼지 못하는 이유는 CPU의 처리속도가 너무 빨라 여러 프로그램을 조금씩 나누어 처리하고 있는 현상을 체감하지 못하기 때문이다.

그렇다면 컴퓨터는 사용자가 음악 플레이어를 실행시키고 인터넷 브라우저를 클릭하고, 동시에 사진 편집프로그램을 띄우는 등의 동시다발적인 엄청난 양의 연산을 어떻게 처리하는 것일까. 여기에는 다양한 알고리즘이 존재한다. 내가 인터넷 브라우저를 켜고 사진 편집프로그램을 동시에 실행시켰을 때, CPU는 약정된 기준에 따라 어느 프로그램의 연산이 중요한지 판단하여 실행 (Priority Scheduling)하거나 단순히 도착한 순서대로 일정시간을 공평하게 할당하여 처리(Round-Robin Scheduling)하는 방법, 또는 가장 짧은 수행시간이 예상되는 것부터 처리(Shortest Job First)하는 방법 등이 사용된다. 아무튼 CPU는 사용자가 요구하는 모든 프로그램을 실행시키기 위해 자신의 능력을 뛰어넘는 초인적인(?) 힘을 발휘하고 있는 것이다.

한국의 대학생들은 말 그대로 '초인적인 힘'을 발휘하고 있다. 내가 클릭한 프로그램은 물론이고, 매신저를 통해 날아오는 친구들의 쪽지까지 눈치를 보며 처리하느라 고통분담을 자청하고 있다. 이렇게 열심히 살아가는 요즘의 대학생을 보면 존경을 넘어 안타까운 마음이 들 정도이다. 하루 24시간이 모자라 10분 단위로 시간을 쪼개어 살아가는 친구의 다이어리를 보았을 때의 내 심정은 말 그대로 복잡해졌다.

무엇이 우리를 이토록 바쁘게 만들었을까. 의문을 넘어 화가 난다. 가정은 더 이상 가족의 정을 나누며 정서를 함양하는 곳이 아니라 내일의 전투를 위한 총알을 장전하는 곳이 되어버렸고, 우리는 그 하나의 총알로 하나의 목표물을 명중시켜야만 하는 처절한 전투를 벌이고 있다. 정신없이 달려가지 않으면 영원히 뒤처질 것만 같은 세상에서 여유를 갖는다는 것은 내 삶에 대한 무책임한 행동이요, 그릇된 마음가짐으로 치부된다.

회사는 대학생활을 통해 갖추어야할 본질을 뛰어넘어 자본주의 세계가 요구하는 검증된 인재를 찾는다. 한마디로 칼자루는 '내'가 아닌 '네'가 갖고 있는 것이다. 학교 게시판에 난무하는 각종 공모전과 국내·외 홍보활동은 더 이상 그 취지를 살리지 못하고 이력서에 한 줄, 자기소개서의 단순한 소재거리로 전략한 지 오래다. 하지만 미래가 불안한 학생들은 현실 속에서 가시적인 성과를 얻을 수 있는 이 길을 선택하고 만다.

사실 이렇게 말하는 나 역시 다양한 활동을 통한 경험을 소중히 생각한다. 어쩌면 대학생만이 누릴 수 있는 혜택이고, 사회에서는 맛볼 수 없는 특별한 경험이라 여기기 때문이다. 그래서 예전에는 학보사, 병무청, YLC, 적십자, RCY에 몸담았고, 지금은 기업은행에서 대학생 홍보대사로 활동하고 있다. 하지만 요즘은 해도 해도 너무하다는 생각을 떨칠 수 없다. 은행 홍보대사로 활동하고 있으면서 또 다른 은행의 홍보대사로 지원하는 친구, 5개나 속해있는 조모임을 뒤로하고 또 다른 조모임에 가입하는 친구, 동아리 회장을 맡고 있으면서 학생회 회장을 원하는 친구, 여름방학에 있을 해외 인턴십을 준비하면서도 해외 봉사활동을 지원하는 친구들까지. 내가 할 수 있을지 없을지, 정말 필요한 활동과 경험은 무엇인지 생각해 보지도 않고 '뭐라도 하나라도 더 해놓으면 나중에 도움이 되지 않을까' 하는 막연한 불안감이 학생 본연의 책임과 역할까지 위협하고 있다.

나도 그런 적이 있었다. 학보사 기자로 활동하면서 대학적십자 회장을 맡았고, 해외 봉사활동을 지원하면서 공모전을 준비했다. 수영을 배우면서 마라톤을 시작했고, 병무청 홍보대사로 활동하면서 은행 홍보대사를 지원했다. 무작정 달려들었고 그물에 걸리는 대로 받아들였다. 그것이 내 젊음을 뜨겁게 달구는 유일한 방법이라 믿었고 다른 친구들과 차별화 할 수 있는 확실한 방향이라 생각했다. 그렇게 정신없는 세월을 보내고 나니 이런 방식의 행동이 얼마나 나를 모르고 벌인 일인지 알게 됐다. 넓은데 깊이는 없고, 시작은 있는데 끝이 없다. 사람은 있는데 남는 사람은 없고, 경험은 있는데 만족은 없다. 하늘의 별만 보고 달려가다가 발아래 아름다운 꽃을 짓밟아 버린 것처럼 소중한 것을 너무 많이 잃어버린 느낌이다. 우물인 줄 알고 생명수를 기대하며 열심히 땅을 팠는데, 알고 보니 내 무덤을 파고 있었다. 나도 믿기 어려운 초인적인 힘을 발휘했으나 아무런 알고리즘이 없었던 것이다.

내가 정말 원해서 하는 일인지, 아니면 주위 사람들이 부러워할 만한 일은 나도 해야 한다는 욕심에서 시작된 일인지 구분하지도 못하고, 그저 성과 위주의 보이는 모습에 맞춰져 버린 내 대학생활에서 진정한 나의 모습은 형성되기도 전에 사라져 버렸다. 마치 정신분석학에서나 논의될 법한 지금의 나는 주위에서 형성된 가상의 나를 잠시 빌려 쓰고 있는 느낌이다.

밤새 술을 마시고 변기를 붙잡고 구토하는 괴로움보다 떨쳐 내지지 않는 불안감이 더 크다는 사실을 나도 잘 알고 있다. 하지만 지금도 불안해서 뭔가를 위해 달려가야 한다고 생각하는 친구들에게 권하고 싶은 말이 있다. 많음보다 '깊이'를 찾아보라고. 정 필요하다면 몇 가지 자신만의 명확한 기준을 정해 놓는 것도 좋다. 그렇게 경험 하나하나에 깊이를 담아보면 그 사이에 미처 보지 못했던 더 넓은 세상이 보인다는 사실을 말이다. 행여 막연한 불안감으로 무엇이든 해놓고 보자는 분주함은 오히려 공허함만 불러일으키고 쉽게 지쳐버린다는 사실을 잊지 말아야겠다.

CPU 스케줄링에 다양한 알고리즘이 존재하는 것처럼 끊임없이 도전하고 고민하되 자신을 중심에 놓고 명확하게 살아가는 대학생이 되었으면 좋겠다.

무술에는 두 가지 종류가 있다. 남에게 움직이기 아름답게 보이는 경우와 보기에는 그다지 아름답지 않지만 좋은 효과를 거두는 것이 있다. 우리가 강도의 칼끝에 서 있을 때 어떤 종류의 무술이 더 유용할 것인지는 말 안 해도 알 것이다. **- 이소룡**

08
23시 30분에서 00시 19분

　오르막길은 전력으로, 내려올 때는 호흡을 고르며 천천히. 오
랜만에 야간 캠퍼스를 질주했다. 요즘 내가 거처하고 있는 자연
대 연구실험동에서 법대 건물 앞까지 이어지는 가파른 도로를 밤
11시부터 30분 동안 열심히 달렸다. 졸업과제를 하면서 의자에
앉아있는 시간이 길어져 옆구리 살만 늘어나는 것 같다. 그래서
한 달 앞으로 다가온 마라톤대회를 접수하고 틈틈이 운동하기로
마음을 먹었다.
　순식간에 온몸은 땀으로 범벅이 됐고 호흡은 점점 거칠어졌다.
오랜만에 느껴보는 상쾌함이다. 중앙도서관 앞 벤치에 앉아있는

커플이 나를 주시하는 듯 느껴졌다. 찰나의 어색함. 내 눈과 그 커플의 두 눈이 마주쳤다. 아닌 척 지나쳤지만 뭔가 교감했다. 후들거리는 다리를 붙잡고 땅바닥에 들어 누웠다. 멍하니 바라본 하늘은 칠흑같이 까맣다. 희미한 은하수 리본을 달고 둥글게 차오르는 달이 참 귀엽다.

'찡찡찡~' 23시 30분, 막차 시간이 임박했음을 알리는 마지막 휴대폰 알람이 울린다. 널브러져 있던 과제를 주섬주섬 챙겨 4층 사물함에 넣다가 책 한 권을 다시 꺼낸다. 못다 한 과제, 미련이 남아 들고 가지만 집에 가서 책을 펼칠 확률은 1% 미만. 그래도 책을 놓지 못하고 들고 가는 내 심보는 과연 뭘까.

'덥다, 덥다' 하던 여름도 어느 덧 가을 알리듯 동쪽 하늘엔 백조자리가 물러나고 페가수스 별자리가 살포시 머리를 밀어낸다. 학교 정문을 지나 한참을 내려가는데 인터넷으로 주문한 책이 편의점에 도착했다는 문자가 기억났다. 그냥 갈까하다 방향을 틀어 책을 찾았다. 예상하지 못한 선물을 받은 것처럼 기분이 좋아졌다. 오늘따라 유난히 학교 앞 분식집에서 내뿜은 어묵 국물의 향기가 내 코를 자극한다. 갑자기 군침이 돈다. 주머니에 손을 넣고 동전을 확인하는 순간, 시계를 보고 촉박한 마음에 발걸음을 돌린다. 내일은 꼭 하나 먹고 가야지.

"이번 열차는 오늘의 마지막 열차입니다. 승강장에서……."

23시 42분. 마지막 지하철임을 알리는 방송과 함께 조용하던 플랫폼에 정적을 깨어진다. 그동안 학교를 다니면서 나도 모르는 사이 지하철 막차 애호가가 되고 말았다. 여러 가지 이유가 있겠지만 환승의 기다림이 없다는 편리함이 막차를 선호하게 됐다. 집까지 가려면 지하철을 세 번이나 환승해야 하는 탓에 출퇴근 시간이 아니면 환승하는 데만 30분 이상 소요되기도 하기 때문이다. 하루일과를 마치고 피곤한 몸을 이끌고 집으로 가는 길, 다음 지하철을 기다리는 시간은 생각보다 길고 힘들다. 하지만 막차를 이용하면 도착과 동시에 곧바로 다음 열차로 옮겨탈수 있다는 것을 알게 된 것이다. 기다림 없이 다음 열차로 옮겨 탈 때 느끼는 깔끔함이란 경험해 보지 않은 사람은 모를 정도도 좋다. 마치 나만의 지하철을 전세 낸 듯 하루의 고단함을 잊을 정도로 행복을 준다.

자리에 앉아 잠시 멍하게 하루를 정리해 본다. 수첩을 꺼내 내일 해야 할 일을 생각나는 대로 적어본다. 4학년인데도 과제가 넘친다. 오늘 하루 밥도 안 먹고 뭐했는지, 제때 챙겨먹지 못한 것을 후회한다. 내일은 꼭 세 끼 모두 제때 챙겨먹으리라! 수첩을 주머니에 넣고, 편의점에서 찾은 우편물 박스를 뜯었다. 깊은 바다 속 진주를 발견한 것처럼 책에서 빛이 난다. 디지털 세상이 좋아 전공으로 삼고 있지만 은은히 풍기는 아날로그 잉크 냄새와 빳빳한 새 종이를 넘기는 느낌은 그 어느 것과도 비교할 수 없는 나만의 소소한 즐거움이다. 그 자리에서 몇 장 넘겨 읽어 본다. 만족스러운 듯 책을 덮어 가방에 넣었다.

지하철 1호선 열차는 불과 12분 만에 환승역에 도착했다. 많은 사람들이 3호선 마지막차를 타기 위해 뛰기 시작한다. '마지막 환승이라 그렇게 뛰지 않아도 기다려 주는 데……' 나도 이제 요령이 생긴 듯 혼잣말을 하며 천천히 발걸음을 옮긴다. 주말이라 모두들 술 한 잔 걸친 모습이다. 가눌 수 없을 정도로 휘청대는 여학생이 눈살을 찌푸리게 만든다. 남자친구는 계속 토닥거려 보지만 도무지 회생할 기미를 보이지 않는다. 회생하지 않았으면 하는 바람도 엿보인다. 아예 종점까지 갈 태세로 의자에 누워있는 취객은 도대체 무슨 생각을 하고 있는 건지. 그 와중에도 못다한 수학 문제를 푸는 고등학생과 목소리 큰 외국인들까지 가세해 지하철 안은 만국박람회를 보는 듯한 묘한 풍경을 연출한다.

부산의 지하철 3호선은 가장 최근에 생겨 시설이 좋다. 갑자기 군복무시절 서울역을 관통하며 지하철 운전을 배우던 때가 생각났다. 철도대학에서 한 달간 이론교육을 마치고 운전석에서 첫 가속 손잡이를 밀어 올릴 때의 느낌은 아직도 잊을 수 없다. 지하 세계로 빠져들 것만 같은 어둠 속을 헤치며 육중한 고철덩어리에 생명을 불어넣어 움직이던 그때는 나에게 요상한 마법을 부리는 능력이 있는 줄 알았다. 아직도 생생히 기억나는 지하철 구성 명칭과 안전 수칙들을 되뇌며 괜한 미소를 지어 본다. 시계는 벌써 자정을 넘었다. 00시03분. 마지막 환승을 위해 2호선 수영역에 내렸다.

"아저씨, 이거 타면 해운대 가요?"

"응…… @#%$"

실보다 가는 하이힐을 신고, 원색 화장으로 자신을 감춘 십대가 갑자기 얼굴을 들이대며 묻는다. 담배와 화장품 냄새가 뒤섞인 그 냄새는 분명 지구상에 없는 냄새다. 하루가 저물었지만 해운대로 가는 2호선은 막바지 여름을 즐기려는 관광객들로 발 딛을 틈이 없다. 밤엔 수영도 못하는데 도대체 지금 가서 뭘 하는지? 모르는 척 해준다. 선로 옆 의자에 앉아 두 정거장 앞에서 출발했다는 전광판을 확인했다. 들고 있던 책과 종이가방을 잠시 내려놓았다. '아들, 오늘 집에 오니?' 문자 하나가 날아든다. 학기 중엔 집에 들어가지 못하는 날이 많아 이런 문자는 부모님에게 늘 미안한 마음이 들게 한다. 방학 동안이라도 착실히 집에 들어가야겠다는 다짐을 한다.

2호선은 유난히 시끄럽다. 아무래도 곡선이 많고 선로에 방음용 자갈을 깔지 않아서 그런 것 같다. 왜 그랬을까 조금만 신경 쓰면 해결될 문제일 텐데. 내 옆에 앉은 외국인은 무슨 음악을 그리 크게 듣는지 청각장애가 우려될 정도다. 앞에 앉은 여자는 무슨 사연이 그리도 깊은지 닭 똥 같은 눈물을 한없이 흘린다. 마지막 지하철은 분주했던 오늘의 모습을 그대로 실어 나르고 있었다. 종점이 가까워질수록 자리는 점점 비워졌고, 해운대역을 지나자 썰렁할 정도로 한산해졌다. 00시 19분, 무사히 집 도착. 오늘 하루도 이렇게 마감됐다.

레이저는 실험실에서도 만들어낼 수 있는 아주 약한 에너지원이다. 그것은 불과 몇 와트의 에너지를 쓸 뿐이다. 하지만 그 광선을 한 곳에 집중시키면 다이아몬드에 구멍을 내거나 암을 깨끗하게 없앨 수도 있다. 지금 하는 일에 좀 더 집중해야겠다는 생각이 든다. 4년간 반복하며 마지막 지하철을 이용했던 오늘의 평범한 하굣길도 언젠가 소중한 추억이 되겠지. 가끔 5년 전, 평범했던 군복무 시절이 그리워지던 것처럼 말이다.

09
성공이 무서운 이유

성공이 무서운 이유는 생각의 고착화를 만들어낼 수 있다는 점이다. 한 번의 성공을 이루고 나면 그 성공은 자신에게 너무도 중요한 자산이기에 다음 도전에서도 같은 방법을 사용하게 된다. 검증을 거친 확실한 솔루션이라 믿기 때문이다. 하지만 이것은 자칫 다른 문제의 정확한 분석을 막고 창의적 문제 해결을 저해한다는 측면에서 심각한 문제가 있다.

지난 2월, 어느 한 공모전에서 상상도 못할 대상을 받고 1,000만원이란 장학금을 받았다. 아무리 봐도 믿기 어려운 결과였지만 그동안의 노력을 자축하며 팀원들과 즐거운 시간을 보냈다.

그리고 우리는 이 분위기를 이어 다른 공모전에도 참여해 보기로 했다. 하지만 나는 이전과는 다른 이상한 현상을 발견했다. 어느 순간 우리 팀 안에는 안일함이 싹텄고 그렇게 열심히 하지 않아도 '효율적'으로 입상할 수 있는 방법을 안다는 자만심마저 팽배했다.

무엇을 하든지 '지난번에 이렇게 해서 상 받았으니까 이번에도 이렇게 하면 된다!'는 결론을 내려놓고 이전의 과정을 따라 밟는 현상까지 보였다. 우리는 당연히 수행해야 할 기본적인 절차와 과정을 너무도 편안히 생략했고, 이전에 느꼈던 치열함도 사라졌다. 문제의 본질에는 접근하지도 못한 채 다른 곳을 헤매면서 그래도 우리가 맞다는 착각 속에 시간을 보냈다. 결과는 계선도 통과하지 못한 처절한 탈락. 한 동안 그 결과를 인정하지 않는 오만함까지 보였다. 정말 무서운 느낌이었다. 그렇게 몇 번의 실패를 거듭하고 나서야 내가 아주 잘못된 방향으로 치닫고 있으며 그 길의 최후가 어떤 곳인지 깨닫게 됐다. 참 많이 힘들고 혼란스러웠다.

요즘같이 인터넷이 발달된 사회에서 나만 알고 있다는 착각만큼 바보스러운 것은 없다. 이미 수많은 정보가 인터넷을 통해 공개되어 있고, 여러 가지 분석과 노하우들을 공유하고 있는 상황에서 내가 알고 있는 비밀은 이미 네가 알고 있을 가능성이 크다. 설령 모른다 해도 조금만 관심을 갖고 조사해 보면 금방 알 수 있는 것이 요즘 세상이다. 그런 가운데 새로운 것을 찾으려는 고통을 선택하지 않고 과거의 성공에 기댄 편안함을 지향하는 바보 같은 짓을 하고 말았다.

아무리 큰 성공으로 안정된 기업을 유지하고 있다 하더라도 언제나 조직에서 위기감 찾으려고 노력을 하지 않는 순간, 그 순간부터 서서히, 아니면 한 방에 그동안 쌓아둔 모든 성과들이 무너져 내리는 경우를 수없이 보지 않았는가. 지금의 편안함과 익숙함을 유지하려 하지 말고, 새로운 근심과 걱정을 찾아 그 과정을 즐겼어야 했다. 놀랍게도 2,000년 전에 살았던 맹자는 이에 대한 힌트를 주고 있다. 그는 말한다. 삶이란 근심 속에 있는 것이며 죽음이란 편하고 즐거운 가운데 있다(生於憂患, 死於安樂)고. 근심이 있다는 말은 살아있다는 말이고, 편하고 즐거운 날이 계속되면 서서히 죽어가고 있다고 새겨도 될 터이다.

파산 직전까지 몰린 최악의 경영난을 딛고 재기에 성공한 한 벤처 사업가는 언제 우리 회사의 불행이 싹트고 있었느냐는 질문에, 회사가 1,000억 매출을 달성하고 각종 정부지원을 가장 많이 받을 때였다고 회상했다. 그때부터 이전의 근심과 걱정은 사라지고 과거 성공의 경험을 답습하는 편안한 분위기가 조직 내에 번졌다고 말했다. 맞는 말이다. 항상 지금과 다른 모습으로 개혁되도록 준비하고 노력해야 했다. 놀랍게도 개혁을 한자로 써보면 가죽 혁(革)이라는 글자가 등장한다. 클 혁(奕)이나 빛날 혁(焃)

같은 글자가 등장한 법도 한데, 알 수 없는 이 글자가 등장하는 이유는 뭘까. 아마도 선인들은 무엇을 개혁한다는 것은 살에서 가죽을 뜯어내는 듯한 고통이 뒤따른다고 생각했기 때문이 아닐까. 실로 이런 고통을 참고 이겨내면 가죽은 영원히 썩지 않는 새 생명을 부여 받게 되는 것이다. 신이 어떤 사람에게 값진 것을 주려고 작정했을 때, 반드시 살과 뼈를 깎는 아픔부터 주는 것처럼 말이다.

대학생활에서 성공했다는 것이 뭘까. 무엇을 두고 성공했다 말할 수 있을까. 학점을 잘 받는 것? 각종 장학생에 선발된 것? 교환학생 시험에 합격하고, 여러 공모전에 입상한 것? 정확한 정의를 내리기 힘들다. 하지만 한 가지 분명한 건 성공으로 향하는 과정에 의미를 두지 않는 이상 내 인생은 비 오는 날 물구덩이에 빠진 축축한 신발처럼 구질구질해 보일 것이라는 점이다. 어쩌다 잠깐의 햇빛이 축축한 신발을 말려 준 것으로 느껴질지 모른다. 하지만 발가락 무좀이 언제 나를 괴롭힐지 모른다는 생각을 항상 염두에 두어야 한다.

이 세상에는 이미 수많은 영웅들의 성공담이 공존하고 있다. 하지만 그것들에 기대 인생을 두려움으로 대하거나 방어적으로 다루면 훨씬 더 위험해질 수 있다는 것이다. 전속력으로 부딪치며 최선을 다해 달려가는 삶이 때로는 더 안전할 뿐만 아니라 재미있다.

실패는 성공의 어머니라는 그 흔한 말에 소중한 의미를 부여하기 위해서는 내 삶의 가치관이 바뀌야 한다는 배움을 얻는다. 분명, 한 번의 성공은 또 다른 성공으로 가는 키워드로 활용될 수 있다. 하지만 지난 성공에 집착한 나머지 현실을 반영하지 못하는 사람은 되지 말아야겠다. 성공을 통해 정상에 도달했다고 생각하는 순간, 나에게 더 이상의 '오름'은 존재하지 않고 하염없이 내려올 수밖에 없기 때문이다. 잘 내려오기 위해서라도 잘 올라가야 한다. 한껏 당겨진 활시위처럼 팽팽한 긴장 속에서 균형 잡힌 생각을 해야 한다. 이것이 나에겐 성공이 무서운 이유로 다가온다.

10
그런 거 생각하면 돈 못벌어유~

아침 공기는 이미 가을을 알리고 있다. 한낮 더위가 아직도 내 땀구멍을 자극하지만 하루하루 시간이 흘러감에 따라 느껴지는 선선함이 천고마비의 계절이 임박했음을 알려준다. 나 역시 상쾌한 기분으로 한 주를 시작하리라 다짐한다. 짧게만 느껴졌던 여름 방학이 끝나고 개강한지도 어느 덧 일주일이 지났다. 수강정정 기간이 끝나고 시간표가 확정되자 학과 수업도 본 궤도에 올라 속도를 붙인다.

조금씩 밀려오는 3학년 2학기의 압박감. 우리 학과 커리큘럼에서 어려운 전공수업이 가장 많은 시기에 진입한 것이다. 방학

내내 늦게 자고 늦게 일어나던 터라 아침 첫 수업을 맞추지 못하고 있었다. '아차! 이러면 안 되겠다' 싶어서 오늘부터는 마음을 먹고 서둘러 집을 나섰다. 아침 7시쯤 지하철을 타고 환승을 하기 위해 연산동역에 내렸다. 2~3분 기다렸을까, 한 할머니가 맛있는 냄새를 내며 삶은 옥수수를 한가득 머리에 이고 내 옆에 섰다. 지하철이 플랫폼으로 들어온다. 할머니가 주위를 살핀다. "할머니 제가 들어 드릴게요." 고개만 끄덕이신다. 생각보다 무겁다. 할머니는 노약자 좌석에 앉으시고 나는 그 앞으로 옥수수를 가져다 드렸다. 할머니는 옥수수가 괜찮은지 이리저리 살펴보신다. 그리고는 옥수수 열기가 빠져나갈까봐 겹겹이 수건으로 덮으신다.

반대편에 앉으신 한 아주머니, "할머니, 그거 무거워서 힘드시겠어요.", "그런 거 생각하면 돈 못 벌어유!" 부산 분이 아님이 느껴졌다. '할아범 죽고, 혼자 살기도 힘들다' 며 아주머니에게 쏘아 붙이신다. 예상치 못한 할머니의 강한 발언에 아주머니 역시 당황하신 듯 보였다. 그런 뜻으로 한 말이 아니라며 변명 아닌 변명을 해 보지만 때깔 좋은 옷만 입고, 잘 먹고 잘 산 사람이 장사한 번 해봤을 리 없다며 할머니의 목소리는 높아져만 갔다. 지하철은 순식간에 조용해졌다. 그렇게 십여 분을 허공에 혼잣말로 띄우시더니 "에이~ 오늘 재수 없다"는 말을 끝으로 다음 역에 내리셨다. 할머니가 내리자 아주머니도 기분이 나빴는지 "저 할머니는 평생 저렇게 살 거다"며, "왜 그렇게 힘들게 살아, 마음 편하게 먹고 살면 되지. 쩝쩝~" 나는 묘한 기분이 들었다.

첫 교시, 컴퓨터 알고리즘 수업. 교수님께서 한 방향 이론(one-way theory)에 대해 설명하신다. 이 이론은 컴퓨터 보안에서 많이 사용되는 방식인데 만약 X의 N승을 M으로 나누기 연산을 하면 P란 값을 얻을 수 있다. 하지만 X와 M, P를 주고 N을 찾아내기란 현실적으로 불가능하다. 왜냐하면 2의 N승만큼의 수에 대한 모든 연산을 다 해봐야 알 수 있기 때문이다. 재밌는 예로 결론을 비유하자면, '계란+열=삶은 계란'이다. 그런데 삶은 계란에서 열을 빼면? 정답은 못 먹는 계란. 일반적으로 우리가 아는 대부분의 화학작용도 한 방향 이론이 적용된다. 이 수업을 듣고 오늘 아침 지하철에서 있었던 할머니가 떠올랐다.

한 아버지가 아이에게 1/2+1/2가 뭐냐고 물어 봤더니 2/4라고 답했다. 그러자 부모는 답답했는지, 사과 반개와 사과 반개를 더하면 한 개라며 차근차근 하나씩 설명해 주었다. 아이는 잘 이해했다. 그리고 다시 1/2+1/2가 뭐냐고 물었다. 아이는 역시 2/4라고 대답했다. 이윽고 아이의 반응, "아버지, 그것이 바로 현실과 이론의 차이지요!"

세계는 우리 모두가 새로운 정보 기술과 커뮤니케이션을 통해서 꼼꼼하게 연결되어 있는 것처럼 보이지만 사람과 사람의 관계는 해안에 밀려왔다가 사라지는 거품처럼 덧없이 보이기도 한다.

그 가운데 인간은 변화하지 않는 가치를 찾으려고 한다. 종교 같
은. 하지만 그 또한 변하지 않는다고 말할 수 없다. 변화를 추구
하면서 변화하지 않는 상반된 현대인들의 욕구 속에 우리의 정신
은 조각나고 있다. 학력은 높아졌지만 상식은 부족하고 지식은
많아졌지만 판단력은 점점 희미해져 간다. 소개팅을 할수록 내가
가진 기준들이 명확히 들어나는 것 같아서 자신이 실없이 느껴지
는 요즘, 이를 어쩌나.

매일 지하철을 타기 위해 에스컬레이터를 이용하면 반대방향
에서 오는 사람들의 표정을 살펴보곤 한다. 한 결 같이 관찰되는
무뚝뚝한 표정들. 조금 웃으면 좋을 텐데, 우리 사회는 집을 나서
는 그 순간 치열한 경쟁으로부터 살아남기 위한 담보로 웃음을
빼앗아가 버렸다. 요즘은 특히 얼굴에 미소를 담은 얼굴을 발견
하기 힘들어졌다. 지하철에 반대편에 앉아 있는 승객들도 대부분
무표정한 모습으로 일관돼 있다.

어떻게 하면 사람들을 웃게 만들 수 있을까. 24시간 광고대신
개그프로그램을 돌려야 할까, 아니면 전 국민 웃음 되찾기 캠페
인이라도 벌여야 하는 것일까. 캠퍼스에도 밝은 웃음은 사라지고
취직과 진학을 위한 경쟁만이 그 자리를 대신하고 있다. 오늘 지
하철에서 만난 할머니는 우리 역사의 어렵고 힘든 시절을 one-
way방식으로 살 수 밖에 없었는지도 모른다. 1/2+1/2이 2/4인
것처럼. 하지만 내일을 개척해 나가야 할 대학생의 삶이 one-

way방식이 되어선 안 되겠다. 아무리 가난해도 주지 못할 만큼 가난한 사람은 없고, 아무것도 받지 못할 만큼 부자도 없지 않은가. 나부터라도 실없이 웃으며 다녀야겠다. 그런 거 생각하면 웃음을 잃게 돼요.

11
디지털 중독

정말! 나는 완전히 기계에 중독된 것 같다. 이놈들이 내 생활을 돕고자 존재하는 건지, 아니면 내가 이놈들을 위해 사는 건지 모를 정도로 과도한 집착을 보이고 있다. 늘 몸에 지니고 다녀야 한다는 강박관념 속에 습관적으로 휴대폰을 꺼내 수신 상태를 확인하고 문자 메시지를 체크한다. 가끔은 진동이 울린 것으로 착각해 전화를 받기도 한다. 최악이다.

하루에도 열두 번 이메일을 확인한다. 몇 분전 메일을 보내고 만난 사람에게 '내 메일 받아보았지!' 하며 채근하고, 조금이라도 답장이 늦어지면 초조해지는 나 자신을 본다. 최근엔 휴대폰 이

메일 기능이 활성화되어 이런 현상을 더욱 부축이고 있다. 메신저를 켜고 수시로 일촌들의 대화명을 확인하며 상대의 심리상태를 추측한다. 기차 안에서도 기꺼이 무선인터넷 이용권을 구입해 노트북을 켜고 인터넷에 접속해야만 안심이 될 정도니, 어느 덧 컴퓨터로 하려고 했던 일은 뒷전으로 밀려나 버린다. 하루 종일 휴대폰을 놓지 못하고, 잠들기 전까지 컴퓨터를 끄지 못하고, MP3 플레이어 없이는 버스를 타지 못하고, 쓸데없는 것까지 디지털 카메라를 이용해 찍어 남기는 나는 디지털에 완전히 중독되어 버렸다.

갑자기 디지털이라는 녀석이 침투해 내 생활을 마구 흔들어 버리는 이놈은 뭔가. 메신저 대화명이 나의 감정을 대신해주고, 휴대폰 문자 반응 속도가 나의 상태를 대변해 주는 지금의 표현 방식이 안쓰럽기까지 하다. 전공이 전공이다 보니 언제나 컴퓨터를 끼고 살고, 어디서나 인터넷이 되는 장소부터 찾게 되던서 생긴 습관 같다. 이 글을 쓰는 지금도 내 시야에는 널려진 수많은 디지털 기계들이 들어온다. MP3 플레이어만 4개다! 내 생활을 단순한 0과 1로 기록하기엔 그 감정이 너무 많이 잘려나 가는 것 같아 섭섭하다. 어느덧 내 삶에서 내가 빠지고 있음을 느낀다.

오래 전, 초창기 디지털수첩(PDA)이 출시됐을 때, 멋진 스케줄 관리 기능에 매료됐다. 어떻게 이런 걸 다 만들었는지! 입력만 하면 자동으로 시간을 체크해 알람이 울리고 필요한 정보를 다양하게 띄어줬다. 여러 게임과 각종 프로그램이 너무 신기하고 편리했다. 자연히 기존에 쓰던 종이수첩 대신 PDA를 휴대하게 됐고 종이 대신 파일을 보물처럼 여겼다.

그러던 어느 날, 알 수 없는 이유로 그 모든 파일이 바이러스에 감염됐다. 몇 년을 사용한 데이터가 한 번에 지워져 버린 것이다. 백업은 해 놓을 생각도 못한 내가 후회됐지만 이미 때는 늦은 상태였다. 전쟁에 패한 장수는 용서해도 백업을 하지 않는 컴퓨터 엔지니어는 용서하지 않는다는 말이 있지 않은가. 다시는 그런 일이 생기지 않도록 기회가 될 때마다 자주 백업을 하는 습관이 생겼다. 어쩔 땐 그것도 안심이 안 되어 백업에 백업을 하고 또 백업을 하는 과도한 보호 본능을 나타냈다. 시간이 지날수록 관리해야 할 파일이 많아지자 실제 PDA를 사용하는 시간보다 백업 파일을 관리하는 데 더 많은 시간을 쏟고 있는 내 모습을 발견했다. 이건 내가 PDA를 사용하는 목적이 아니었다. 어서 내 삶을 되찾아야겠다!

내 삶을 되찾는 5가지 다짐

1. 수업시간만큼은 휴대폰을 꺼 놓아야겠다. 휴대폰을 손에 들고 다니지 말고 가방에 넣고 다닌다.
2. 메신저는 꼭 필요할 때만 켠다.
3. 이메일은 아침, 저녁 하루 두 번만 확인하고 처리한다.
4. 검색은 되도록 메인 가십거리 적은 구글을 쓴다. 네이버는 se.naver.com을 사용한다. 인터넷 검색은 따로 시간을 정해 그 시간만 한다.
5. 항상 수첩과 볼펜을 들고 메모하는 습관을 기른다.

당분간 이 5가지만은 의욕을 가지고 꼭 지켜나갈 생각이다. 요즘 같은 시대에 이 정도는 별일 아니라는 생각도 들지만 문명의 이기인 디지털은 양날의 검과 같아 잘 쓰면 약이 되고 못쓰면 독이 된다는 사실을 절실히 느끼고 있다. 이상하게도 이 녀석들이 나타나 더 편리해졌는데 시간은 점점 더 부족해지고 있으니 알아가도 모를 일이다. 쉬운 듯 보이지만 참으로 지키기 어려운 다짐들, 2천 년 전 아리스토텔레스가 말했던 중용의 미덕이 디지털 시대를 사는 우리에게 새롭게 요구되는 듯하다. 언제나 인터넷에 연결되어 있어야 하고 통신 가능한 상태에 놓여 있어야 한다는 집착이 내 마음을 허약하게 만드는 것 같다.

컴퓨터 자판을 두드리며 인쇄된 말끔한 글씨보다 아르쉬지의 거친 촉감과 펜촉의 사각거림을 포기할 수 없는 이유는 깔끔한 프랑스산 와인보다 텁텁한 맛이 잡다하게 섞인 칠레산 와인이 그리워지는 것과 같다. 아직은 디지털보다 사람이 좋다. 사람을 좋아하고 싶다.

아날로그 마음이 쉼 없이 움직인다는 것은 추위에 곱은 손가락을 꾹꾹 주물러가면서도 그 지긋지긋한 삶을 내려놓지 않고 성실히 살아가는 힘, 계속되는 오르막이 지치고 힘들어도 안간힘을 쓰며 붙들고 있던 끈을 놓지 않고 문이 열릴 때까지 두드릴 수 있는 힘, 계절에 따라 바람의 냄새가 달라짐을 느끼고 성질 급한 꽃들이 터트린 이른 봉우리도 눈길을 줄 수 있게 하는 힘이다. 디지털은 조금만 추워도 전원이 빨리 달아나지만 내 마음은 오히려 더 따뜻해진다.

이름 모를 간이역에서 한가로운 여유를 즐길 수 있도록 내 마음을 보호하고 싶다. 사는 건 계속 씹어봐야 맛을 알 수 있고 추억은 지워지지 않는 힘이 있어 소중한데, 디지털은 그런 마음을 송두리째 바꿔 놓고 있다. 그것만은 절대로 안 된다. 어느 덧 내 마음의 근육이 허약해져 응급실로 실려 가는 상황만은 꼭 막아야 한다.

12 바쁜 교수님에게 告합니다!

4년간 캠퍼스와 사랑에 빠지면서 교수님에게 꼭 드리고 싶은 말이 있다. 김연아 선수가 브라이언 오셔 코치를 만나 올림픽에서 금메달을 따고 일취월장한 것처럼 나에게 교수님은 새로운 세계가 존재함을 알려준 위대한 분들이다. 언제나 그분들의 말씀에 감사하며 귀 기울였고, 그분들의 발걸음에 내 보폭을 조절하며 살아왔다.

하지만 언제나 느끼는 아쉬움은 교수님들이 너무 바쁘고 학생들과 함께할 시간이 없다는 것이다. 수업이 아니더라도 교수님과 좀 더 많은 시간 함께 하며 사견도 듣고 싶고, 미래에 대한 고민도 나누고 싶은데 그럴 때마다 뭔가 모를 '쫓김'에 마음을 접고 말았다. 교수님이 학생에게 관심을 갖지 못할 정도로 바쁜 이유는 참 다양하다.

언젠가 우리 학과 교수님이 기고한 글이 떠오른다. 프랑스의 어느 공대 교수가 한국의 초청을 받아 공학교육에 대한 강연과 토론을 마치고 돌아가는 길에 저녁을 같이 먹었는데, 대뜸 "당신은 왜 대학교에서 연구를 하는가?"라는 질문을 했다고 한다. 당시 교수님은 이런 질문을 받아본 적도 없고 솔직하게 생각해 본 적이 없었기에 그냥 뻔한 대답— 학문의 의미가 이런 것이고 연구는 이래저래 중요하다는 등 당연한 대답을 기계적으로 했다. "그런 연구를 하려면 ETRI(한국전자통신연구소)와 같은 좋은 연구소에 가지 왜 대학에 있느냐?"고 다시 물었다. '글쎄 내가 왜 ETRI에 안가고 대학교에 왔더라?'며 고민하기 시작했다. 기다렸다는 듯이 프랑스 교수는 대학에서 연구는 교육을 위한 연구이지, 연구 그 자체를 위한 연구는 절대 아니라고 말하는 것이다. 프랑스에서 공대 교수들이 모이면, '학생들에게 이 교육이 생애 마지막 교육이 될 수 있는데, 어떻게 하는 것이 엔지니어로서 평생 도움이 될 수 있을까' 항상 고민하고 서로 토론한다는 것이다. 불행히도 한국의 공대 교수님들은 그렇지 않음에 얼굴이 후끈거렸다는 일화다.

실제 교수님들의 대화에서 교육에 대한 고민은 놀라울 정도로 적다. 같은 학과 학생들이 보기에도 교수님들의 가장 많은 고민은 연구과제의 당첨여부나 복잡한 교내 정치상황, 기타 잡다한 업무에 대한 불만이다. 학보사 취재로 교수님들을 만나면 언제나 이런 이야기로 시작해서 그런 이야기로 끝나기 때문이다. 강의에 대한 보상과 평가가 제대로 이루어지지 않고, 대외 논문이나 연구 성과에 기반을 둔 지금의 평가로는 어쩔 수 없다는 피동적인 답변을 듣는다. 취재기자이기 전에 가르침을 받는 제자로서 이 교수님에게 무엇을 배울 수 있을까 의문이 든다.

평가 방법에 문제가 있다면 왜 개선하려 하지 않을까. 우리나라 최고 지성집단에 있는 교수님들이 문제를 인식하고 있는데 왜 바뀌지 않는 것일까. 왜 교수님들은 자신들이 직접 가르친 학생의 능력을 믿지 않고, 학생들 역시 자신을 가르친 대학에 남아 공부하기를 꺼리는 것일까. 맞다! 교수님들은 그동안 가르치는 일에 최선을 다할 수 없었고, 우리의 교육시스템에 문제가 있다는 반증이었다.

공부 잘하는 아이들이 외부 대학 진학을 막기 위해 학칙에도 없는 내규를 만들어 성적을 낮춰 부여하게 만들고, 학생의 미래야 어찌됐든 연구실 운영을 위해 졸업을 시키지 않는 형태의 잘못된 집착 또한 반드시 근절해야 할 풍토다. 교수님도 제 자식만은 어떡하든지 유학 보내고 싶은 심정으론 아무것도 되지 않는다.

선거철이면 어김없이 등장하는 폴리페서(Polifessor)도 많은 문제가 있다. 이는 '교수 출신 정치인' 이란 뜻이지만 실제로는 '정치판과 대학에 양다리 걸치는 교수' 란 비아냥거림이 담겨 있다. 교수가 자신의 학문적 업적을 바탕으로 현실정치에 반영할 수 있다는 것은 큰 이상이며, 이들의 전문지식을 활용해 국정운영에 기여한다면 국가적 측면에서도 아주 장려할 일이다. 상아탑에서 연구한 이론을 현실에 적용해 보고, 거꾸로 그 경험을 살려 다시 이론의 현실가능성을 제고하는 것은 학문과 현실의 괴리를 메우고, 상생할 수 있는 효과를 가져 오기 때문이다.

하지만 우리 사회는 그런 긍정적 영향만 보여주지 못했다. 교수직을 유지한 채 정치에 뛰어들어 활동하느라 강의와 연구라는 본업을 외면해 왔다. 당선되면 정계로, 낙선하면 교단으로 돌아가 태연히 교직을 수행하지만, 이런 교수님은 틈만 나면 정치에 뛰어들 생각에 학업은 뒷전이기 마련이다. 휴강이나 결강은 물론 부실한 강의로 피해를 보는 것은 결국 학생이다. 때로 규모가 작은 학과는 책임 교수 한 명이 빠지면 그 분야의 연구 전체가 중단되기도 한다니 실로 그 파장은 적지 않은 것이다.

정부와 국회, 대학에서도 이런 형태의 문제를 심각히 인식하고 강제 근절하려 했으나 결국 제자리걸음을 면치 못하고 있다. 당연히 국회의원이나 정무직 공무원 되려고 하는 교수님은 의무적으로 교직을 사퇴해야 한다. 공직 수행을 마치고 교직으로 돌아가면 다시 정식 교수임용 절차를 밟으라는 요구다. 지대로 된 공직을 수행해 경륜을 갖췄다면 재임용에 아무런 문제가 없을 것이다. 오히려 더 좋은 대우를 받을 수 있다. 그렇지 못했을 경우에는 그에 걸맞은 불이익을 감수하라는 것이다. 그것이 교수님이 그렇게 강조하시던 노블레스 오블리주(noblesse oblige) 아닌가. 정치를 위한 교수보험은 이제 사라져야 한다.

대학은 교수들의 정계 진출에 대해 명확한 규정과 보다 강화된 복직규정을 마련해 스스로 자정하는 능력을 보여줘야 한다. 그래야 매년 선거철이면 정치판을 기웃거리는 권력의 추종자들을 근절하고 수많은 학생들의 수업권을 찾아 줄 수 있다.

하지만 궁극적으로 폴리페서 문제는 교수 개인의 양심에 달려 있다. 교수들의 양심을 믿지 못할 경우 대학이 윤리규정을 만들어 자율적으로 조절하면 된다. 그럼에도 불구하고 법으로 강제하지 않으면 안 되는 이유는 그간의 양심과 대학의 자율도 규제되지 않았기 때문인 것 같다.

학생, 교수, 교직원. 흔히 이 세 부류를 대학의 '3주체'라고 말한다. 어느 하나 중요하지 않은 집단이 없지만 교수님의 역할은 그 무엇보다 중요하다. 현장에서 국가 · 학교가 제시하는 교육지침에 따라 학생들에게 전달하는 실질적인 역할을 하기 때문이다. 말 못할 고민과 어려움을 모르는 것은 아니나 교수님들은 분명 달라져야 한다. 교수님들이 학생에게 집중하고 최선을 다할 수 있도록 교육시스템을 개선해야 한다. 형식적인 5분 면담이 아닌 평생의 길잡이가 될 스승이 필요한 것이다. 부디 학생을 중심에 놓고 학생을 위한 고민을 많이 하는 '우리'의 교수님이 되어주었으면 좋겠다.

13
황제펭귄의 협력

우연히 펭귄을 알고, 그들이 살아가는 방법을 찾아보면서 놀라움에 감격했다. 어찌 이리도 놀라운 협력이 가능할까. 바다가 얼고 겨울이 되면 남극대륙은 하루 4km씩 늘어난다. 그리고 불과 몇 주 만에 대륙의 크기는 두 배가 된다. 아무 것도 살아있지 않을 것 같은 이곳에 펭귄, 황제펭귄이 있다.

남극 대륙의 남쪽에 서식하는 황제펭귄은 겨울이 되면 안락한 대양을 떠나 기나긴 여행을 시작한다. 이 녀석들은 자신들이 태어난 160km 내륙의 번식지로 이동하고, 수컷의 치열한 구애 속에 암컷과 마음을 주고받는다. 꽁꽁 언 얼음바닥을 함께 걸으면서 서로의 마음을 맞추고 확인하는 중요한 의식을 거친다.

알을 낳은 암컷은 이를 부화시킬 힘이 남아있지 않다. 수컷은 재빨리 알을 넘겨받아 특수한 주머니에 넣는다. 밖은 이미 영하 20~30도가 넘기 때문에 수컷과 암컷은 놀라울 정도의 협력을 발휘한다. 그렇지 않으면 순식간에 알이 얼기 때문이다.

이제, 지친 암컷은 굶주림에 못 이겨 혼자 바다로 돌아간다. 불과 한 달 전에 수컷이 걸어왔던 길을 따라서 말이다. 대륙의 낮은 점점 짧아지고 태양은 지평선에 겨우 걸쳐 있을 뿐이다. 그리고 이내 사라진다. 태양도 떠나버린 곳에서 수컷들은 지상에서 가장 춥고 힘든 겨울에 맞서며 알을 지킨다. 바람은 점점 강해지고 기온은 뚝뚝 떨어진다.

지금은 영하 60도. 암컷들이 떠난 번식지에는 이상한 변화가 생겨난다. 수컷들은 알을 발 위에 지닌 채, 조금씩 무리를 이룬다. 온기를 유지하려고 애쓰면서 서로 단단하게 뭉치는 것이다. 그러지 않으면 살아남을 수도, 알을 지킬 수도 없다. 그리고 서로의 위치를 체계적으로 바꾼다. 밖에 있는 펭귄은 외부의 찬 공기를 막고, 안에 있는 펭귄은 체온을 올리며 바깥으로 나갈 준비를 한다. 이 대열이 무너지면 순식간에 귀중한 열을 잃게 되기 때문이다. 너무도 놀라운 협력이다.

태양은 30일 만에 대륙 위로 다시 떠오른다. 알은 깨어나고, 수컷은 겨울 내내 아껴온 먹이를 토해낸다. 하지만 거의 넉 달을 먹지 못한 수컷이 뭔가를 먹지 못한다면 어린 것과 함께 죽게 될 것이다. 절체절명의 위기가 온 것이다.

이때, 지평선에서 희망이 보인다. 뱃속에 물고기를 가득 채운 채 암컷들이 돌아오고 있는 것이다. 눈부신 태양을 배경으로 성큼성큼 다가오는 암컷의 당당한 모습. 내가 수컷이라면 아마 감격해서 울었을 것이다. 암컷들이 점점 가까워지자 수컷들은 흥분하며 술렁이기 시작한다. 암컷은 저마다 짝을 부르고 수컷은 이에 화답한다. 마침내 감격의 재회가 이루어지는 것이다.

어미는 자식을 처음으로 본다. 어미는 어린 것을 돌보려고 안달이지만 자식을 넘겨받으려면 겨우내 돌봐온 아비를 설득해야 한다. 섭섭한 듯, 아비는 자식을 어미에게 넘겨준다. 그렇게 황제펭귄은 다음 세대를 이어갔다.

펭귄의 모습을 보고 내 삶이 부끄러워졌다. 우리는 흔히 자신을 알기 위해 혼자 고독하고 혼자 상념하며 스스로를 깨닫길 희망한다. 적어도 그런 기회를 갖기 위해 혼자 여행을 떠나기도 하며 극한 환경에 몸을 던져보기도 한다. 하지만 이렇게 나만의 성을 단단하게 만들고 벽을 높게 쌓을수록 자기라는 것을 세울 수 있다고 착각하는 건 아닌지, 또는 강해질 수 있다고 생각하는 것은 아닌지 의심했다. 한끝 차이이긴 하지만 여행도 결국은 다른 사람을 통해 나를 보는 과정이지 않는가. 아~ 복잡하구나. 뭔가 뱅글뱅글 도는 이 느낌.

하지만 나는, 궁극적으로 타자와 관계하며 내 자신을 깨달을 수밖에 없다는 생각에 이르렀다. 수컷과 암컷의 기약 없는 이별을 이겨낼 수 있는 힘은 무엇일까. 알을 지키고 있는 수컷 펭귄은 태양도 외면한 차디찬 남극의 겨울에서 무엇을 생각했을까, 같은 시기 바다에서 먹이를 구하고 있는 암컷 펭귄은 또 무슨 생각을 했을까. 아마도 서로는 다시 만날 희망을 통해 협력하는 방법을 배우고 있는지도 모른다.

대학에서 최고의 능력을 갖춘 리더가 혼자 만들어 낸 과제물이 전문성은 부족하지만 협동학습을 하는 그룹의 결과물을 따라갈 수 없는 이유는 너무도 선명하다. 협력을 통해 얻어지는 타인의 의견이 혼자서 공부할 때에는 불가능한 사고의 과정을 자극하면서 관점의 다양성을 따라갈 수 없게 만들기 때문이다.

대학에서 협력하는 방법을 배우는 것은 예비 사회인이 되기 위한 필수과목이나 다름없다. 때로 협력을 외치면서 오히려 경쟁을 부축이고 그것에 기대 내 자신을 독촉했던 고리를 풀어야 할 때가 온 것이다. 학교는 더 많은 인재를 키우기 위해 학생들 간의 경쟁을 강화시킬 것이 아니라, 몇 번의 시험으로 이쪽저쪽을 구분 짓는 것이 아니라, 서로 다름이 공존하고 상생할 수 있는 협력의 시스템을 경험할 수 있도록 하는 것이야말로 모교를 더욱 빛내는 길임을 잊지 말아야겠다. 대학교는 그 마지막 선에서 '좋은' 시민이 되기 위한 교양을 배우고 잠재력을 높이는 시간이다.

경쟁은 그 다음에나 가능한 일임을 황제펭귄을 통해 생각해 볼 필요가 있다. 겨우내 지켜온 자식을 어미에게 넘겨준 수컷의 희생정신 또한 많은 가르침을 준다.

> 빨리 가려면 혼자 가도 된다. 그러나 멀리 가고 싶다면 함께 가야 한다. **- 앙겔라 메르켈 독일총리**

14
공부의 깊이는?

역설적이게도 소프트웨어 개발자들은 하드웨어적인 특성을 얼마나 잘 아느냐에 따라 그 실력이 판가름 나는 경우가 많은 것 같다. 소프트웨어를 하는데 왜 하드웨어를 알아야 할까. 프로그래밍 언어의 특징을 잘 알고 각종 함수와 알고리즘을 적절하게 적용시킬 수 있으면 되는 게 아닌가. 한동안 이런 의문은 꼬리에 꼬리를 물어 참으로 이해할 수 없는 난제로 남아 있었다.

그러던 어느 날, 갑자기 느낌이 왔다. '이래서 하드웨어를 알아야 하는 것이었구나.' 이유는 단순했다. 소프트웨어는 궁극적으로 하드웨어에서 움직이기 때문이다. 웹 페이지 개발자들이 만든

애플리케이션도 결국은 컴퓨터 서버에서 관리되고 사용된다. 수많은 코덱과 압축 기술도 결국은 하드웨어적인 어려움을 소프트웨어적으로 해결하기 위해 사용하는 경우가 많다.

1분의 HD화면을 압축 없이 그대로 저장하면 적어도 수십 GB 용량의 발생한다. 이를 우리가 쓰는 평범한 인터넷 케이블을 통해 실시간 전송하기는 어렵다. 1초에 하나 밖에 못 옮기는 데, 1,000개씩 옮겨 달라고 떼쓰는 것과 같다. 때문에 우리 눈이 인식하지 못할 정도의 각종 소프트웨어적인 속임수(!)를 이용해 용량을 줄이는 것이다. 만약 돈을 엄청 쏟아 부어 초당 1,000개씩 옮길 수 있는 통로를 구축한다면 소프트웨어적인 압축기술 따위는 필요 없다. 그냥 통으로 보낼 수 있으니까. 물론 여기에도 여러 문제는 있다.

오랜 세월 소프트웨어를 만들어 온 개발자가 하드웨어적인 특성이 중요하다는 것을 깨닫고 이를 공부하기 시작했다. 여러 장비를 공부하다 이를 컨트롤 하는 마이크로 칩에 주목하게 됐고, 반도체의 원리를 공부하게 됐다. 그러다 반도체를 만드는 원료가 실리콘임을 알고 이를 공부하려고 모래까지 내려갔다. 결국, 화학 기호와 각종 수식과 씨름하며 자연현상까지 이해하려 한 이 개발자는 스스로 지쳐 후회했다는 우스갯소리다.

어느 정도 깊이 있는 공부는 필수적으로 요구된다. 그것이 그 사람의 가치를 높여주고, 다른 사람과 차별화 할 수 있는 무기가

대학생이 해야 할 고민들

될 수 있기 때문이다. 하지만 공부의 깊이는 끝이 없기 때문에 아래로 파고 들어가면 결국은 인간이 손 댈 수 없는 신의 영역까지 이르게 된다. 정작 내가 목표했던 공부는 멀어져 후회만 남게 된다.

나도 이런 경험을 수 없이 해왔다. 컴퓨터가 좋아 5년 만에 돌아온 대학교. 힘차게 1학년을 시작하고 있는데, 내가 기대했던 프로그램 개발이나 하드웨어 조립 같은 실전적 과목은 들어 있지도 않고, 컴퓨터와 무슨 관련 있는지 모를 이론 과목들로 빼곡히 채워져 있었다. 그래도 포기할 수 없어 가장 비중이 높았던 수학을 손댔더니, 정말 가관이다. 미적분 공식이 어렴풋해 고등학교 수학 책을 뒤졌고, 또 다른 난관에 부딪혀 중학교 수학 책까지 내려갔다. 모든 것을 완전히 이해해 보겠다고 목표했는데, 시간이 흐를수록 자꾸만 지엽적인 영역에 매몰되어 결국은 앞부분만 줄기차게 파고들다 방학을 마치고 말았다.

3학년 2학기 때는 컴퓨터 프로그래밍 언어를 설계하고 직접 만들어보는 컴파일러라는 수업을 들었다. 모두들 어려워하는 과목이었지만 유달리 관심이 높아 열심히 했는데, 그 밑을 파고드니 알렌튜닝이라는 수학자까지 내려갔던 적이 있다. 도대체 왜 이런 현상이 일어나는 것일까. 비단, 나만의 문제일까.

어느 정도의 깊이 있는 공부를 하겠다는 목표는 기본을 다지고 멀리 나아간다는 측면에서 너무도 당연한 이야기다. 하지만 언제나 시작만 하다 끝을 맺지 못하는 학생이 되어서는 안 되겠다. 세상의 모든 공부는 결국 철학적인 이념을 기초로 하고 있기 때문에 끝까지 내려가다 보면 '왜 사는가' 라는 의문에 자괴하고 만다. 당장 정해진 단기적인 목표를 달성하기 위해서는 미적분 공식을 완전히 유도해 내기보다는 일단은 외워서 적용하는 편이 나았을지 모른다. 단기적인 목표들이 모여 장기적인 꿈을 이룰 수 있기 때문이다.

나는 지금, 최종 발표를 앞두고 있다. 여러 자료들을 수집하고 정리하는 중, 하드웨어 시연 장면을 영상으로 찍어 편집하려 한다. 파이널컷프로(Final Cut Pro)라는 맥용 프로그램을 사용할 예정인데, 처음 만져 보는 것이라 배워야 하는 상황이다. 참고로 이 프로그램은 전 세계 모든 방송국을 평정하고 대형 영화편집에도 사용될 만큼 많은 기능들이 탑재되어 있다. 나는 또 고민에 들어갔다. 이 프로그램을 어떻게 배울 것인가. 잘 한 번 배워보고 싶은데 처음부터 매뉴얼을 펼쳐놓고 자료집을 연구할 것인가, 아니면 필요한 기능만 익혀 시연 동영상 편집 완성에 집중할 것인가. 선택은 나의 몫이지만 결과는 확연히 다를 것이다.

15
내 사랑이 애타다

사는데 딱히 무슨 요령이 있겠나 싶지만, 짧은 경험으로 어렴풋이 추론되는 법칙이 있다면 잡으려 하면 할수록 살짝 달아나고, 포기하는 듯 잠시 물러나면 살포시 다가온다는 점이다. 사람의 마음과 관계되는 것은 어느 정도 이런 규칙이 통하는 것 같고, 특히 남녀가 연애를 할 땐 더 그런 것 같다. 참으로 오묘한 사람의 마음이 아닐 수 없다.

나 좋다는 사람이 싫지는 않다. 하지만 나를 싫다고 한 사람이 은근히 계속 생각이 나고 그리워지는 사람의 그 심리. 정말 좋아해 관심을 끌고 싶으면 정말 싫어하는 척을 하라는 연아 고수들의 조언이 증면된 건 사실이나 진정 좋아하는 마음만으로는 도저히 사랑을 얻을 수 없다는 말인가. 반기를 들어 적진에 쳐들어가지만 아무도 뒤 따라 오는 사람이 없다.

누가 그랬다. 책을 읽는 기쁨은 읽는 그 순간뿐만 아니라 책을 고르는 설렘, 그 책이 없을 때 느끼는 아쉬움, 다 읽은 책을 빌려주고 못 받을까 걱정하는 초조함까지 모두 포함한다는 것을. 그렇다면 연애는 마냥 좋아서 느끼는 사랑도 있지만, 내 마음 몰라줄 때 오는 허탈함, 다른 커플과 비교할 때 오는 열등감, 점점 그 사람의 우선순위에서 내가 밀려날 때 드는 서글픔까지 포함하고 있는 걸까. 어쩌면 미워하는 마음까지도.

그런 걸 다 알면서도 실전에는 통하지 않고, 연애경험이 쌓일수록 내공은 바닥을 보이는 반비례 곡선의 느낌은 도대체 뭘까. 나는 결코 그런 연애를 하지 않을 것이라 호언장담하면서도 그 길을 걷고 있는 심 봉사가 어디 한 둘이랴. 공양미 삼백 석 아니, 삼만 석을 받쳐서라도 내 눈을 뜨게 할 수 있다면 그렇게 하고 싶은 심정이다.

남자와 여자는 다르단다. 당연히 다르지, 어디 같을 수가 있나. 예고편도 없이 달려드는 2부는 그 강도가 슈퍼울트라 짱이다. 갖은 비교와 일반론을 들고 빈틈없이 쏘아대는 화살에 내 방패는 구멍이 나 아주 걸레가 되어 버렸다. 하지만 사랑은 이런 것인가 보다. 걸레가 되어도 어떻게든 빨아서 다시 써보려고 슈퍼타이에

담가보는 것. 아무리 많은 화살이 쏟아져도 피하지 않고 꿋꿋이 맞아 죽음을 선택하는 것. 잠시 휴전에 들어가 화살이 뜸하면 그 화살조차 그리워지는 것 말이다.

어느 석공이 검은 돌의 가치를 단번에 알아보고 오랜 시간 열심히 다듬어 아름다운 다이아몬드로 만들어 놓았더니 옆 친구가 결혼반지로 쓰겠다며 가져가 버린다. 너무 황당한 석공은 일고의 반론도 못하고 그저 빼앗기고 만다. 그 다이아몬드는 석공의 노력도 몰라주고 남의 손가락에서 다른 사랑의 영원함을 맹세하며 '반짝반짝' 빛을 낸다.

때론 이별의 아픔보다 견디기 힘든 것은 사랑하는 이가 멀어진 것 같은 허탈감이다. 한 사람이 나를 힘들게 한다. 그 사람은 내 눈을 가리고, 내 손과 발을 묶어 버렸다. 하지만 지금 내가 할 수 있는 것은 없다. 그저 믿어주고 기다려 보는 것. 사람 마음대로 할 수 없는 게 '사람 마음' 아니겠는가. 그 다이아몬드는 지금 어디로 가는가. 심청이 시집보내려고 심 봉사가 물에 뛰어드는 일만은 없었으면 좋겠다.

대학생이 해야 할 고민들

chapter2.
특별한 경험, 소중한 이야기

이
PIFF와 함께한 대학생활

때는 서기 2000년, 제5회 부산국제영화제(PIFF)로 거슬러 올라간다. 취직을 하거나 대학에 입학한 친구들은 새로운 환경 속에 바쁜 시간을 보냈지만, 재수를 하고 있던 나는 학원과 집을 오가며 새로울 것 없는 반복적인 일상에 지쳐있었다. 시간이 흐를수록 마음처럼 공부도 잘 되지 않았고, 원하는 대학에 갈 수 있을지 점점 불안해졌다. 급기야 수능을 준비하면서 군 입대를 진행하는 양다리 계획까지 이르게 되었다.

본격적인 더위가 시작되고 너무도 이질적인 두 가지 목표에 끌려가고 있을 무렵, 10월에 있을 부산국제영화제 자원봉사자 모집

공고를 접했다. 그리고 해서는 안 되는 마음이 싹트고 있음을 감지했다. 흔들리고 있는 나를 잡아줄 뭔가가 필요했고, 영화제를 통해 새로운 에너지를 얻는다면 남은 기간 더욱 집중해서 공부할 수 있겠다는 생각이 들었다. 그렇게 지원서를 냈고, 운명처럼 덜컥 합격해 버렸다. 기뻤다. 하지만 답답했다. 내가 지금 뭘 하고 있는 거지. 합격하고 나서도 한동안 이걸 해야 하는지 말아야 하는지 고민했지만, 정말 이대로는 아무런 공부도 안 되겠다는 결론에 이르자 마음을 고쳐먹고 주어진 기회에 최선을 다해보자고 마음을 먹었다.

그 이후로 이상한 힘이 났다. 영화제 개막 한 달 전부터 사전 근무를 자청하며 열정을 쏟았고, 공부만 하기에도 빠듯한 시간을 더욱 효율적으로 사용하며 집중하고 있는 모습에 놀라기 시작했다. 그렇게 공부도 잘 되고 영화제 준비도 척척 진행되고 있을 무렵, 131기 특전부사관 시험의 최종 합격자로 통보받아 수능도, 영화제도 모두 중단하고 2주 만에 입대했다. 이건 또 무슨 운명의 장난일까.

그렇게 5년이란 시간이 흘러 전역을 앞두고 10회 부산국제영화제 자원봉사자 모집공고를 접했다. 5년 전 내 모습이 타임캡슐을 타고 그대로 느껴지는 듯했다. '아, 해보고 싶다.' 하지만 군인의 신분으로 해결해야 할 문제가 너무도 많았다. 무엇보다 영화제 기간 내내 휴가를 얻기가 어려웠고, 산적한 부대 업무와 훈련을 대신할 방법이 없었기 때문이다.

그때 '안 되면 되게 하라' 는 특전사 정신이 발동했다. 일단 영화제 지원서를 제출하고 앞으로 남은 휴가와 연차를 모으기 시작했다. 밤을 새며 부대 업무를 처리했고, 모든 훈련에 적극적으로 참여했다. 동료들은 전역을 불과 5개월 앞두고 신입 하사처럼 몸을 사리지 않는 나를 걱정할 정도였다. 그리고 간절한 마음으로 부대 지휘관에게 전역 전 휴가를 신청했다. "저는 이번 부산국제영화제에 꼭 참여하고 싶습니다. 특전사 정신으로 열심히 잘 하고 돌아오겠습니다!" 며 호소했다.

바쁜 부대 운영 속에서도 나의 사회 적응의지를 믿고 지지해준 당시 지휘관은 전역 예정자가 사회의 큰 일꾼이 되도록 지원해 주는 것 역시 군이 지향해야 할 방향이라며 규정된 범위 내에서 흔쾌히 휴가를 허락해 준 것이다. 이로서 꿈처럼 바랐던 영화제 자원봉사를 할 수 있는 길이 열린 것이다.

이왕이면 가장 역동적이고 많은 사람을 만날 수 있는 일을 할 수 있는 이벤트 팀에서 활동하고 싶었다. 당시 영화제는 10주년 맞아 다양한 파티와 재미있는 이벤트를 많이 기획하고 있었는데, 그중에서도 이벤트 팀은 가장 많은 연예인들을 상대하고, 운영하는 탓에 대학생들 사이에서도 유독 인기가 높았다.

뭐든 할 수 있다는 강한 의지와 열정을 높이 평가해 주신 덕분인지 당시 최고 경쟁률 속에도 당당히 합격하는 기쁨을 누렸다.

함께 할 23명의 이벤트 팀 친구들은 너무도 다양했다. 뒤늦게 학구열을 불태우시는 어머니도 계셨고, 북한 국적을 가진 제일교포 유학생도 있었다. 흥분된 분위기 속에 영화제의 열기는 점점 달아오르기 시작했다. 몇 번의 사전 모임을 갖고, 구체적인 이벤트 아이디어와 행사 운영방법을 익혔다. 시민들에게 연예인처럼 레드카펫을 밟아볼 수 있는 이벤트를 만들자, 상영작의 배경 음악을 중심으로 파티를 준비해 보자, 역대 자원봉사자들이 함께하는 행사를 하는 것은 어떻겠냐는 등의 적극적인 의견이 쏟아졌다. 현장에서 실무를 담당하시는 분들도 우리들의 적극적인 참여와 의지에 감탄하기 시작했고, 몇몇 좋은 아이디어는 실제 영화제에 반영되어 운용되기도 했다.

10회 부산국제영화제 개막식이 열리는 오늘, 우천을 대비해 우비와 대형 방수덮개까지 준비했던 5년 전 개막식이 생각났다. 다행히 올해는 구름 한 점 없는 맑은 날씨가 계속돼 내 마음을 도왔다. 유명 영화배우들이 부산에 속속 도착하면서 분위기는 점점 달아오르기 시작했다. 드디어 시작! 하루 24시간이 모자랄 정도로 많은 행사와 지원 업무에 정신이 없었다. 식사조차 쉬는 시간을 쪼개서 시켜먹거나 이동 중에 해결하는 경우가 많았다. 할 일이 많아 집에 돌아갈 수 없을 때는 사무실 한 편에서 새우잠을 자기도 했고, 협찬 물품을 지키기 위해 밤샘 보초를 서기도 했다.

그렇게 바쁜 와중에도 하고 싶은 일을 해서 즐겁다는 친구들, 틈틈이 시험공부를 하고 중간고사를 보고 오는 아이들을 보면서 경이롭기까지 했다. 이렇게 열심히 사는 아이들에게 수많은 감동과 자극을 받았다.

밖에서 보는 영화제는 물론 화려하다. 하지만 안에서 느끼는 영화제는 보이지 않는 수많은 사람들의 땀과 노력의 산물이었다. 예상치 못한 돌발 상황에서도 행사는 진행되어야 했기 때문에 갖가지 임시방편들이 총 동원됐고 시민들의 적극적인 협조와 이해가 큰 힘이 됨을 몸으로 느꼈다.

TV에서만 보던 연예인들을 직접 안내하며 관객들의 환호를 등에 업고 수많은 에피소드를 만들어 냈다. 자칫 큰 사고로 이어질 뻔한 아찔한 순간도 있었고, 고생한다며 건네받은 시원한 물 한 잔에 행복을 느끼기도 했다. 부산을 방문한 외국인들도 한결같이 '원더풀 코리아'를 외쳤고 내년에도 이 즐거운 축제에 함께하고 싶다는 의견을 거침없이 드러냈다.

그렇게 뜨겁던 10회 부산국제영화제가 막을 내리고, 나는 다시 부대로 복귀했다. 남은 기간을 성실히 복무했고, 다음해 무사히 복학할 수 있었다. 내게 부산국제영화제 자원봉사는 군인으로서 대학생들의 열정을 배우고, 세상과 적극적으로 소통할 수 있는 방법을 일깨워준 소중한 경험이었다. 그때 만난 친구들이 낯설었던 복학 첫 학기에 얼마나 많은 도움을 줬을지는 말로 다 표현하

기 힘들다. 아마도 그때 영화제 자봉을 하지 않았더라면 나의 대
학생활도 그저 밋밋한 일상의 연속이지 않았을 까. 젊음이란 힘
들어도 즐길 수 있으며 부족해도 도전할 수 있는 특권이란 사실
을 부산국제영화제 자원봉사를 통해 배울 수 있었다.

02
헤이그 특사단

　누구나 살아가면서 세 번의 기회를 얻는다는 말을 들은 적이 있다. 이번이 나에게 그 세 번의 기회 중 한 번이 아닐까. 그만큼 대학생활에 있어 많은 영향을 주었고 내가 걸어가야 할 방향을 결정지었던 중요한 계기가 되었기 때문이다.

　시험공부가 부족해 1초가 아쉬울 순간, '대학생 헤이그 특사단을 모집한다!'는 이색적인 포스터를 보고 한 동안 눈을 뗄 수 없었다. 왜 영화 같은 장면 있지 않은가. 화창한 날씨, 햇살은 눈부시고, 빵 하는 플래시 효과와 함께 주인공의 눈에 무언가 꽂혀 들어오는 그런 것, 첫 눈에 반한 내 반쪽을 만난 것처럼 심장이 불

규칙적으로 요동치기 시작했다.

곧바로 학과 전산실로 달려가 컴퓨터를 켜고 주최 측의 홈페이지에 접속했다. 우측 상단에서 신비롭게 깜박이는 배너 발견, 곧바로 지원서를 다운 받아 거침없이 써 내려갔다. 하룻밤을 꼬박 새고 다음날 동이 트는 줄도 모르는 채 정신없이 컴퓨터 자판을 두드렸다. 마치 호랑이가 먹이를 잡기 위해 온몸의 근육을 모두 사용하듯 내 모든 신경세포는 지원서에 집중됐다. 오랜만에 느껴보는 치열함이다. 그리고 며칠 뒤, 낯선 번호가 찍힌 전화가 울렸다!

"안녕하세요, 최경호 씨 핸드폰이죠?"

"네, 맞는데요……."

"아, 저는 대학내일의 ○○○이라고 합니다. 이번 헤이그 특사단에 지원하셨죠?"

"네…… 에…… (설마?)"

"축하드립니다. 최종 합격하셨습니다. 합격자 공지는 2시간 후 인터넷으로 확인하실 수 있을 겁니다."

"아싸!"

나도 모르게 큰 소리를 지르고 말았다. 중간고사를 마치고 우울한 마음을 달래고자 멍하게 버스 타고 어디론가 떠나던 중이었다. 너무 기쁘고 좋아서 미칠 지경이었다. 갑작스런 낭보에 세상이 달라져 보이기 시작했고, 입가에 노랫가락이 흘러나왔다. '에에야 디야~' 매일 보던 건물이 달라 보이고, 학교 식당 밥이 이렇게 맛있을 수가 없다. 모든 햇빛이 나에게 비춰지는 것 같고 무대 위의 톱스타가 된 기분이었다.

곧이어 온라인 커뮤니티가 개설되고 전국에서 합격한 18명의 대학생 기자들이 모였다. 모두들 현업에서 학보사, 방송국, 웹진 등을 통해 대학기자를 겸하고 있는 적극적인 학생들이었다. 이번 행사를 주최한 국가보훈처에서는 향후 필요한 여러 과제를 부여하며 좀 더 심도 있는 항일 독립역사에 대해 공부를 해 줄 것을 당부했다. 나 역시 각종 관련 서적들을 찾아보고 유용한 자료를 모아가며 차근차근 떠날 날을 위해 준비해 갔다.

헤이그 특사 사건은 일제의 병탄 작업이 점점 가속화 되던 1907년, 고종황제가 이준 · 이상설 · 이위종에게 친서와 신임장을 주고 네덜란드 헤이그에서 열리는 제2차 세계 만국평화회의에 출석하게 한 일이다. 을사조약의 체결이 한국 황제의 뜻이 아니며 일본의 강압에 의한 것임을 세계에 폭로하려고 했던 것이다. 하지만 당시 세계열강들은 이미 약소국에 대한 이익분배 관계를 끝마치고 세계평화가 논의 되어야 할 헤이그에서조차 자신들의 구미에 맞게 약소국들을 나눠 갖는 형식적인 장에 불과했다. 러시아는 이미 일본의 을사조약을 인정했고, 주최국인 네덜란드 역시 대한제국 특사들의 참석과 발언을 공식적으로 거부한 것이다. 이에 울분한 이준 열사는 현장에서 분사했고, 외국어에 능통했던 이위종이 세계 언론을 향해 조국의 안타까운 현실을 호소하여 주목을 끌었으나 구체적인 성과는 얻지 못한 우리 역사의 아픔이다.

이번 행사를 진행했던 2007년은 헤이그 특사 사건이 발생한지 꼭 100주년이 되는 해였다. 이렇게 의미 있는 날, 선인들의 발자취를 따라 그들의 애국심을 배우고 취재할 수 있는 기회를 얻었다는 사실에 너무도 감사했다. 사실 지난 1년간 대학기자로 활동을 하면서 역사에 대한 많은 혼란이 있었다. 좀 더 깊이 있는 취재를 위해서는 어김없이 뒤따르는 역사적 고찰과 철학적 접근이 필요했기 때문이다. 그럴 때마다 상충된 시각과 자료들은 도무지 어느 장단에 춤을 춰야할지 갈피를 잡지 못했다.

그런 측면에서 이번 행사는 나의 혼란을 잠재워줄 시원한 청량수가 되어 줄 것이라 확신했다. 주최 측에서는 100년 전 당시의 상황 그대로 체험할 수 있도록 계획해 주었다. 이준 열사가 이상설을 만나기 위해 배를 타고 러시아의 블라디보스토크로 간 것처럼 우리도 배를 타고 블라디보스토크까지 이동했고 독일을 거쳐 네덜란드 헤이그까지 그 동선을 함께했다. 이동하면서 이상설 유허비와 항일 운동의 근거지가 됐던 신한촌, 윤동주 생가, 하얼빈 역 등을 답사하며 연해주 곳곳에 스며있는 선조들의 뜨거운 항일 정신을 직접 느껴볼 수 있었다. 소설 아리랑의 주 무대이기도 했던 신한촌은 대규모 아파트 단지가 들어서 과거 한인들의 흔적을 찾을 수 없는 아쉬움을 남겼고, 역사적으로 큰 의미를 담고 있는 우리의 소중한 유적들이 주인 없이 방치되어 있는 현실에 가슴 아팠다.

한국을 출발한 지 꼭 5일 만에 네덜란드 헤이그에 도착했다. 현지에는 이미 많은 사람들이 당시의 분위기를 애도하며 선인들의 엄숙한 애국애족의 정신을 잇고 있었다. 우리는 100년 전 이준 열사가 머물렀던 숙소에서 그분의 손자를 만나 취재하며 당시 급변하고 있던 국제정세와 특사들의 급박함을 생생히 전해 들었다. 사재를 털어 어렵게 기념관을 운영하고 있는 현실이 그저 안타깝기만 했고, 만국평화회의가 열렸던 회의장은 100년 전 암울했던 분위기를 그대로 보여주기라도 한 듯 짙은 먹구름이 드리우고 있었다. 내 마음도 함께 무거워졌다. 조국의 존재함에 이렇게 특별하고 감사한 일인지 새삼 가슴으로 느꼈고 그 가운데 오늘을 살고 있는 내가 할 수 있는 일이 무엇일까 고민하게 됐다. 이렇게 뜨거운 선인들의 간절한 노력과 고귀한 희생이 없었다면 지금의 대한민국이 과연 존재할 수 있었을까. 그리고 내가 존재할 수 있었을까. 그들의 숭고한 애국심과 평화애호 정신을 두 발로 느끼며 경건한 가르침을 받았다.

우리는 이번 행사가 잘 진행될 수 있도록 정부의 여러 가지 일을 도왔고, 틈틈이 곳곳의 현장 분위기를 취재하며 생생한 기사를 작성해 나갔다. 반기문 UN사무총장의 메시지와 장명화 첼리스트의 연주로 뜻 깊은 행사의 막이 올랐다. 각계각층의 대표들과 많은 현지 사람들이 참석해 그 의미를 더했고, 평화의 상징 비둘기를 하늘에 날리는 것을 끝으로 행사는 성공적으로 마무리 됐다.

우리 기자들은 장거리 이동과 빡빡한 일정으로 피곤이 누적된 상태였지만 주어진 역할과 책임을 완벽히 해내는 놀라운 투지를 보여 주변 사람들을 깜짝 놀라게 했다. 행사가 끝난 뒤에도 암스테르담으로 이동해 한국전쟁에 참전했던 네덜란드 군 부대를 방문해 그들을 취재하고 경의를 표하는 헌화행사에 동행했고, 이준 열사의 옛 묘를 찾아 선인의 숭고한 뜻을 기렸다. 우리의 역사를 되돌아 볼 수 있는 너무도 의미 있는 시간이었다.

한국에서 헤이그로 이동하는 동안 표준시간대가 13번이나 바뀌는 과정 속에 역사를 보는 나의 시각도 조금씩 바뀌갔다. 책으로 외우는 역사와 현장에서 배우는 역사가 얼마나 다르게 느껴지는지 몸으로 느꼈다. 돌아갈 조국이 있고 공부할 학교가 있다는 평범한 일상이 절대 그저 얻어진 것이 아니라는 사실이 나를 감격하게 만들었다. 이 도도한 역사한 큰 흐름을 무엇이라 설명할 수 있을까. 대학생이라면 반드시 고민해야 할 우리의 발자취, 그 정점에 헤이그 특사단이 있다. 이때 만난 전국의 대학생 기자들을 통해 좀 더 넓은 시각으로 우리의 문제를 바라볼 수 있는 기회를 얻었고, 내 주변에서 일어나는 평범한 일에 관심을 가질 수 있는 계기가 됐다. 그리고 첫 타석에서 첫 홈런을 친 것 같은 짜릿한 손맛을 4년 내내 이어갈 수 있는 든든한 원동력이 됐다. 우리 특사단은 언제 어디서 무엇을 하든 헤이그의 감동을 잊지 않으리라.

03
살사, 다 함께 춤을 춰요~

    누구나 한 번쯤 배워보고 싶고 잘 해보고 싶은 취미 중의 취미, 춤과 악기는 언제 어디서나 환영받고 자신의 감정을 마음껏 뽐낼 수 있는 매력덩어리다. 어릴 적, 소풍이나 학교 행사가 있을 때면 어김없이 춤 잘 추는 친구들이 나와 인기몰이를 하곤 했다. 여기에 악기도 잘 다루고 노래까지 맛깔나게 해 내는 아이들은 보면 신은 정말 불공평하다는 생각이 들 정도였다. 그럴 때마다 들려오는 내 안의 깊은 외침, '나도 한번 쯤 저들처럼 멋진 춤으로 나를 표현하고 싶다' 는 동경에 빠졌다. 하지만 마음같이 움직여 주지 않는 육체와 내성적인 성격 탓에 이내 포기하며 현실과 타협

하고 말았다.

힘차게 시작한 대학생활, 언제까지나 동경만 하지 않을 테다! 이 두 가지 꿈에 과감히 도전해 보기로 마음먹었다. 뭐든 할 수 있는 젊은이들만의 자유와 특권에 기대 용기를 냈다. 어떤 춤이든 한 가지 음악에 맞춰 완성된 공연을 할 수 있을 정도로 배워보고 쉬운 악기라도 잘 익혀서 끝까지 연주해 보겠다는 꿈 말이다.

그러던 찰라, 마침내 춤을 배울 수 있는 기회를 포착했다. 온라인 학교 게시판을 통해 알게 된 춤 동호회 모집 공고를 발견하고 마음속 갈등에 시달리기 시작했다. 지금은 대학교 2학년을 마친 겨울방학, 다음 학기는 우리 학과에서 가장 힘들다는 죽음의 전공필수 과목들이 수두룩하다. 용돈이라도 벌려면 아르바이트도 해야 하고 집안일도 도와야 하는데, 이를 어쩌나, 고민하기 시작했다. 뒤늦게 시작한 공부라 수업도 겨우 따라가고 있는 입장에서 또 다른 욕심을 부리는 것 같았다. 하지만 힘들고 바쁠수록 여유를 찾을 나만의 창구가 필요하다는 나름의 지론을 핑계 삼아 결심을 강행했다. 이것은 나의 오랜 숙원사업이 아닌가. 누구나 쉽게 배울 있다는 그 흔한 홍보문구가 진짜인 마냥 믿었다.

내가 알게 된 그곳은 동호회 형태로 라틴댄스를 배우고 즐기는 라틴바(Latin Bar)였다. 다행히 약도에 표시된 그곳은 학교와 가까워 이동시간을 절약할 수 있었다. 문 앞에서 서성거리기만 10여분, 용기를 내어 안으로 들어갔다. 어두운 조명과 원색의 자극적인 스프레이 그림이 나를 당황스럽게 만들었다. 왠지 이곳에 들어오는 순간부터 불건전한 짓(?)을 한다는 죄책감이 들 정도로 얼굴이 화끈거리기 시작했다.

더구나 남자가 여자에게 춤을 신청하고, 음악에 맞춰 현란하고 빠른 움직임을 보이는 사람들의 첫 모습은 아직까지 가부장적인 가치관에 조종당하고 있는 것처럼 부끄러웠다. '춤을 신청했다가 거절당하면 어쩌지' 기대보다 걱정이 앞섰다. 그래도 여기까지 와서 되돌아 갈 수는 없지 않은가. 눈 딱 깜고 용기내서 죽이 되든 밥이 되든 시작해 보겠다는 용기로 시샵(동호회 대표)의 안내에 따라 초급반 코스에 등록했다. 혹시라도 마음이 바뀔까봐 그 자리에서 백 원짜리까지 모두 꺼내 강습비까지 바로 내 버렸다. '이젠 어쩔 수 없이 한 달은 무조건 배워야 해'

일주일이 지나고 첫 강습이 있는 목요일 저녁, 20명의 남녀가 만났다. 다들 처음이라 어색하고 낯선 표정이 역력했다. 강사님은 그런 우리의 마음을 다 아는 듯 재치 있는 유머와 약살스런 표정으로 다양한 이야기를 풀어 놓는다. 기본적인 살사의 유래와 역사를 소개하면서 간혹 선보이는 살사 스텝이 마냥 신기했다. 내가 배우게 될 첫 번째 춤이 살사가 될 줄은 정말 꿈에도 몰랐다. 하지만 시간이 지날수록 살사의 매력에 빠져버렸다. 하여간 뭐든 어중간하게 하는 놈이 제일 무서운 법이다. 닥치듯 동영상을 찾아보며 꿈에서도 스텝을 외우곤 했으니 말이다.

화려한 의상에 자신감 넘치는 정열의 움직임 살사. 재즈와 힙합과 같은 포괄적인 의미로도 사용되는 용어다. 사실 라틴음악이 라틴댄스를 통칭하듯 살사 역시 살사음악과 살사댄스를 통칭하는 의미며, 일반적으로 살사댄스를 의미하는 경우에 살사라고 부르는 경향이 많다.

살사가 어디에서 시작됐고 누구에 의해 발명되었는지 정확히 유래를 찾기 힘든 만큼 많은 뿌리와 가지를 가지고 있는 이유는 다양함이 살사의 문화이자 정신이기 때문이다. 그 중에서도 많은 사람들이 쿠바인들과 푸에르토리코인[1]에 의해 만들어 졌다고는 하지만 이 조차 확답할 수 없는 상황이다. 다만 이들이 살사의 발전에 가장 많은 기여를 했다는 정도로 해석하는 것이 옳은 표현인 것 같고, 여기에 히스패닉(Hispanic)의 고유한 문화가 더해져 전 세계로 전파되고 있는 것이다. 우리나라에서는 1990년대 후반이 되서야 미군부대에 근무하는 라티노들이 쿠바살사에 가까운 모임을 가지기 시작하면서 조금씩 확산됐는데, 지금은 매년 콩크레스에서 보여주는 실력처럼 세계적으로 인정받는 살세라

주) ─────────
서인도 제도에 있는 미국의 자치령의 국민들로 스페인계를 중심으로 한 80%의 백인과 아프리카인을 포함한 인디언 원주민의 후손들.

(여자), 살세로(남자)가 많을 뿐만 아니라 남녀노소 할 것 없이 즐길 수 있는 새로운 문화코드로 자리 잡고 있다.

"원투쓰리 엔 포, 파이브 식스 세븐 엔 에잇."

화려한 의상과 상대를 배려하는 매너를 통해 자신을 가장 예쁘고 멋있게 표현해 내는 살사는 신나는 8박자 리듬에 맞는 6스텝을 기본으로 하고 있다. 천천히 입으로 리듬을 따라하며 몸에 익숙하도록 연습했다. 이윽고 끌라베(Clave)와 꽁가(Gonga)라는 타악기를 중심으로 살사 특유의 신나는 음악이 들려왔다. 하지만 갑자기 발이 엉키고 얼굴은 더욱 뜨거워졌다. 수강생들 대부분 표정이 굳어지자, 강사님은 그저 음악을 즐기라며 격려해 준다. 부끄러움을 벗고 음악에 몸을 맡겼다. 양 어깨에서 날개가 돋아난 듯 무겁던 발걸음이 한결 가벼워졌고, 신기한 살사 음악이 내 귀를 간질이기 시작했다. 일찍이 경험하지 못한 새로운 세상이 열린 것이다.

언제나 '춤 한 번 배워봐야지' 하면서도 심각하게 주저했던 내가 살사를 알게 된 건 운명이라 생각한다. 그렇게 6개월 동안의 초급 과정을 모두 마치고 밤이 새도록 첫 공연 연습을 하던 추억, 땀이 범벅이 되도록 해변 살사를 즐기던 추억, 언제나 에너지가 넘치던 사람들과 즐거운 인연을 이어가며 여전히 박자를 놓치고 쑥스러워 하는 나조차 사랑할 수 있는 의미 있는 시간이 됐다. 더

구나 살사를 통해 우리나라에서는 미처 알려지지 않는 아프리카
나 남미의 문화와 역사에 관심을 가지게 되면서 학교에서는 배울
수 다양한 세상을 몸으로 체득할 수 있는 계기가 됐다.

지금도 가끔 지하철을 기다리면서 살사 스텝을 밟고 있는 나를
발견하면 괜히 미소 짓는다. 아직도 자신이 몸치라고 생각해서,
아니면 그저 쑥스럽고 부끄러워서 주저하시는 학우님들이 계시
다면 살사를 적극 추천하고 싶다. 자신도 모르는 사이 내 세포 하
나하나에 살사 스텝이 스며들어 새로운 세상을 느끼게 될 것이기
때문이다.

04
자연을 담은 소리, 오카리나

소싯적, 두 권의 바이엘을 완벽히 마스터하며 피아노 치기에 빠진 적이 있다. 아침에 일어나서 잠이 들 때까지 온종일 검은 건반과 하얀 건반을 상상하며 일주일에 두 번 있는 피아노 수업을 목이 빠져라 기다렸다. 언제나 하얀 드레스를 말끔히 입고 나타나던 선생님은 또 어찌나 예쁘던지, 마음도 천사 같아서 수업이 끝나면 언제나 내가 좋아하던 파시통통(아이스크림)까지 잊지 않고 챙겨 주시니 피아노를 사랑하지 않을 수 없었다. 나는 나중에 멋진 피아니스트가 되겠다고 말했다.

그런데 웬 날벼락. 초등학교 3학년 때 갑작스럽게 이사를 가면

대학생이 해야 할 고민들

서 그 선생님과 인연도 피아노와 인연도 끊어져 버렸고 나의 음
악적 재능(?)도 성장을 멈추고 말았다. 이제는 악보를 봐도 한참
을 계산해서야 계이름을 찾아낼 수 있을 정도로 당시의 배움은
찰나의 추억이 됐다.

　그런 지난 세월을 아쉬워하면서도 언제고 용기를 내서 어떤 악
기든 배워봐야겠다는 생각을 했다. 그래서 기회가 될 때마다　플
룻이며 색소폰이며 배워봤지만 소리조차 내기 힘들 정도로 어려
운 발성과 운지법은 이내 나를 좌절하게 만들었고, 이미 굳을 대
로 굳어버린 손가락이 원망스럽기도 했다. 조금만 더 끈기를 갖
고 노력했다면 하나쯤은 제대로 배웠을 거라는 아쉬움이 있지만
왠지 딱딱한 철에서 차갑게 나는 소리가 마음에 들지 않아 그만
뒀다. 하얀 드레스를 입고 나타나는 여선생님이 없어서 그런지도
모른다.

　정녕, 내게 맞는 악기는 없단 말인가. 녹음이 깊어지는 초여름,
매미소리가 듣고 싶어 가까운 공원을 찾았다. 잠시 의자에 앉아
쉬고 있는 데 공원관리실 라디오에서 잔잔한 '무언' 가가 들려왔
다. 살랑살랑 바람처럼 타고 들어와 내 귓가를 스치듯 흘러드는
그 청아한 소리. 숲속의 고요한 울림과 섞여 더욱더 내 마음을 더
욱 편안하게 이끌었다. 오카리나 소리였다.

　오카리나(Ocarina)는 이탈리아어로 '작은 거위' 라는 뜻이라는
데 꼭 그와 닮아 귀엽기까지 하다. 보통 각 나라별로 전해져 내려

오는 전통악기는 고유의 이름을 갖고 있기 마련인데, 오카리나라는 그 단어가 생긴 후부터 흙으로 만들어졌고 폐관악기면 오카리나라고 불리게 되었다고 하니 시간과 공간을 초월하는 이름이라할 수 있다. 예를 들어, 우리나라의 전통악기인 '훈'은 한국의 오카리나라고 부를 수 있는 것처럼 말이다. 현재까지 가장 오래된오카리나는 잉카문명 지역에서 발굴된 거북 모양의 오카리나라고 한다. 유럽과 아프리카는 물론 아시아 전역에도 다양한 형태의 오카리나가 발견되고 있는데, 가히 인류와 함께한 세계적인악기라 말할 수 있다.

오카리나는 한음으로 낼 수 있는 원시적인 형태가 지금의 13구멍을 가진 형태로 발전했다. 그 중에서 가장 대중화 된 거위모양의 오카리나는 1853년 이탈리아 부드리오 지방의 조셉 도나티(Giuseppe Donati)에 의해 처음 만들어졌다. 이를 3대째 이어오고 있는 장인 귀도치사(Guido Chiesa)는 '오카리나의 아버지'라는 칭호를 갖고 있을 정도로 오카리나 발전에 많은 기여를 했다.

우리나라에 현대적인 오카리나가 알려지게 된 계기는 1986년일본 NHK-TV의 다큐멘터리 '대황하'의 배경음악이 국내 방송사를 통해 방영되면서 서서히 알려지기 시작했고, 이 배경음악을담당했던 노무라 소지로(Nomura Sojiro)가 일본 예술인으로서는 최초로 국내 단독 오카리나 연주회를 가지면서 우리나라 오카리나 열풍에 큰 불씨를 일으켰다.

　오카리나는 흙을 이용하여 사람이 직접 빚어 말리고 굽는 점토 악기다. 그래서 그런지 다른 악기에 비해 그 울림이 더욱 깊고 깨끗한 것이 특징이다. 말 그대로 숨을 쉬는 악기며 자연의 악기라 칭해도 전혀 손색이 없는 태생적 구조를 갖추고 있는 것이다. 더구나 그 운지법도 너무나 간단해 누구나 반나절이면 쉽게 익힐 수 있는 장점이 있다.

　이런 오카리나를 연주하면서 얼마나 유익한 대학생활이 되었는지 모른다. 4년 내내 나의 심경을 대변해주고 위로하주는 동반자 역할을 톡톡히 해왔고, 잠시 집을 떠나거나 결혼식에 참석할 때, 또는 장기자랑을 해야 할 때 너무도 큰 역할을 해 줬기 때문이다. 아마도 오카리나가 없는 나의 대학생활은 매얼 리포트와 시험에 찌들어 칙칙한 콘크리트처럼 딱딱하고 차가웠을 것이다. 오카리나로 인해 내 삶에 비로소 온기가 만들어졌고, 소리로 세상을 느끼려 했던 경이로운 체험을 할 수 있었던 것이다.

　지금 이 순간, 악기 하나 배워보고 싶다면 오카리나를 강력히 추천한다. 살사의 열정과 오카리나의 부드러움이 더해진 나의 대학생활은 어디 하나 모나지 않고 다양한 감정을 표현해 낼 수 있었고, 내 자신의 영혼을 치유하는 주치의 역할을 톡톡히 해왔기 때문이다. 대나무가 가늘고 길면서도 모진 바람에 꺾이지 않는 것은 속이 비었고 마디가 있기 때문이라 했다. 살사와 오카리나는 나의 속을 비우고, 좌절, 갈등, 실수, 실패, 절망, 아픔, 이별 같은 마디를 만들어 편식하지 않고 건강한 대학생활을 보낼 수 있도록 따끔한 미래를 위한 예방주사를 맞도록 해주었다.

> 만약 마음속에서 '나는 그림에 재능이 없는 걸'이라는 음성이 들려오면, 반드시 그림을 그려보아야 한다. 그 소리는 당신이 그림을 그릴 때 잠잠해진다. **– 빈센트 반 고흐**

05
백두산에 올라

'동해물과 백두산이 마르고 닳도록…….'

언제나 노래 부르던 이 곳, 나는 지금 백두산 정상에서 천지를 발아래 두고 있다. 어렸을 때 이발소에 붙어 있던 백두산 천지 사진을 보고 '저곳이 우리나라가 맞나?' 며 아빠에게 묻곤 했다. 하지만 가슴으로 상상할 수밖에 없었던 이 곳, 반만년 우리 민족의 중심이 되어온 이 곳, 나는 지금 백두산 정상에서 이 글을 쓴다.

백두산에 오를 수 있었던 계기는 갑작스레 찾아왔다. 1년 전 참가했던 헤이그 특사단 우수기자로 선정되어 '건국 60주년 항일운동 답사'에도 참가할 수 있는 기회를 얻은 것이다. 뚜렷한 관점이 있는 28명의 대학생들과 이 뜻 깊은 행사에 동참할 수 있었다는 것에 너무도 감사했다.

영화 '놈놈놈'의 모티브가 된 룽정과 마루타로 잘 알려진 731부대, 안중근 의사가 이토를 저격한 하얼빈 역, 그리고 대한민국 임시정부가 있었던 상해와 중경을 차례로 방문하며, 중국 내 항일저항운동 현장을 눈으로 확인했고, 독립기념관 교수님으로부터 살아 숨 쉬는 생생한 역사를 배울 수 있었다.

그 중에서도 백두산에 올라 천지를 바라보며 얻은 느낌은 그 무엇으로도 설명할 수 없는 감동과 진함이 있었다. 백두산 등반 하루 전, 온통 중국의 편협한 역사로 덧칠된 동경성 발해성터와 북한의 국경지역인 도문(두만강)을 방문하고, 이곳에서 우리 역사의 안타까움을 확인한 탓인지 백두산을 보고 싶은 욕망이 더욱 간절해졌다. 대조영을 중국 사람이라 말하고, 발해와 간도의 역사를 중국의 것으로 너무도 쉽게 편입시켜 버리는 현지 주민들의 의식 속에 한국은 없었기 때문이다. 오히려 한국이 중국의 역사를 가져가려 한다는 말을 들었을 땐, 정말 울분이 밀려 왔다. 분단의 아픔을 겪고 이제는 현실을 담담하게 받아드려야만 하는 건지 혼란스럽기만 했다. 이 답답함이 백두산을 보면 조금은 뚫릴 것 같았다. 백두산은 홍길동처럼 나타나 탐관오리들을 몰아내듯, 그릇된 우리 역사를 바로 잡아줄 것으로 믿었다.

본격적으로 등산이 시작되는 백두산 입구에서 천지로 오르는 길은 생각보다 다양했다. 어느 정도까지는 버스를 타고 이동해야 했고, 중간 기착지에서 비룡폭포(장백폭포) 900계단을 이용하거나 지프차를 이용하는 방법으로 나눠 있었다. 물론 처음부터 걸어서 올라갈 수도 있었지만 다음 일정을 맞추기 위해 차량을 이용, 20분 만에 정상에 도착하는 방법을 선택했다. 가파르고 아슬아슬한 언덕을 넘을 때는 차가 뒤집혀 까마득한 낭떠러지로 떨어질 것 같아 눈을 찔끔 감기도 했다. 언제 봐도 멋있는 백두산을 매일 볼 수 있어 행복하다는 운전기사 아저씨는 북한에서 오르면 완만한 경사가 더욱 아름다운 경치를 만들어 내고 있다고 설명해 주었다. 7~8월에는 남쪽의 더운 공기와 몽골지방에서 오는 찬 공기가 마주치면서 안개가 잦고 구름이 많아 천지를 보기가 더욱 힘들다고 하는데, 이루 표현할 수 없을 정도로 맑고 쾌청한 날씨는 연중 몇 번 볼 수 없다는 천지를 볼 수 있겠다는 희망을 주기에 충분했다. 2,000m가 넘는 능선에도 따뜻하게 광합성을 하고 있는 식물들이 신기했다. 이산화탄소를 받아드리고 산소를 만들어 내는 것처럼 답답한 고민은 날아가고 시원한 유쾌함이 찾아드는 것 같았다.

차량은 서서히 정상에 이르기 시작했다. 고도계는 이미 2,700m을 넘어섰다. 조금이라도 빨리 천지를 보고 싶은 마음에 옷깃을 여미며 부산하게 내릴 준비를 하지만 백두산 주변은 밤사이 누군가 태엽이라도 풀어놓은 듯 모든 것이 한 박자 느리게 움직이듯 보였다. 드디어 정상, 다소 삼엄한 분위기다. 차량을 내리자 중국 군인들이 신분증을 요구했다. 출발 당시 28℃를 가리켰던 외부온도는 11℃까지 내려가 있었다. 차량 안이 약간 더웠던 탓인지 시원하게 느껴졌다. 바람막이 옷을 챙겨 입고, 천지를 볼 수 있다는 동쪽으로 이동했다. 갑자기 몰려온 안개와 금방이라도 비를 뿌릴 것 같은 커다란 무리의 잿빛 구름 사이로 천지 주변만 옥구슬처럼 맑아 있었다. 구름도 감히 접근하지 못하는 천지의 마법에 홀린 듯 정신없이 올라갔다. 20여분 걸었을까. 어느덧 바위 틈 사이로 장엄한 천지가 조금씩 눈에 보이기 시작했다. 맥박은 빨라지고 발걸음은 빨라졌다. 앞서간 친구들의 함성소리가 들린다.

천지다. 백두산 천지다! 한 눈에 담을 수 없을 정도로 크고 넓은 천지의 모습이 티 없이 맑고 깨끗한 하늘과 하나 되어 5천년 우리 민족의 유구한 역사를 말없이 전해 주고 있었다. 보고 또 보고, 가슴을 열어 마음으로 천지를 받아들였다. 한동안 멍하게 천지를 바라봤다. 뒤늦게 정신을 차려 카메라 셔터를 눌러보지만 허접한 디지털 광학기기에 장엄한 천지를 담아내기엔 턱없이 부족했다. 우리 땅인데 왜 중국을 거쳐 돌아와야 하는지, 왜 태극기는 들고 올 수 없는지, 그저 유명한 관광지로 전락해버린 천지가 뭔가를 말하고 있었다. 어디서부터 잘못된 것일까, 앞으로 내가 할 수 있는 일은 무엇이 있을까. 생각이 생각을 만들고 꼬리에 꼬리를 물지만 쉽사리 해결점을 찾을 수 없었다. 천지를 보고 가슴이 열리면서도 마음 한 구석에 느껴지는 이 묵직함을 어떻게 표현해야 할지 모르겠다.

백두산은 이미 40%를 중국이 소유하고 있다. 겨울에는 산을 깎아 스키장을 만들어 중국 국가대표들의 훈련장으로 사용하고 있으며, 조만간 대규모 온천센터가 들어설 것이라는 가이드 선생님의 말을 듣고 도저히 인정할 수 없는 100년 전 간드협약이나 백두산정계비의 올바른 해석이 얼마나 그 당위성을 찾을 수 있을지 안타깝기만 했다. 동북공정으로 세뇌된 중국인들의 마음속에 백두산은 없었다. 이미 그들의 역사가 되어 버렸고 그들의 산이 되어버렸다. 하지만 꼭 되찾아야 한다. 우리의 백두산. 중국을 통하지 않고 우리 땅에서 천지까지 오를 수 있는 날이 와야 해결되는 것인가. 장백산이 아닌 백두산으로 세계인의 가슴에 또렷이 새겨질 그날이 간절한 것은 비단 이것 때문만은 아니다.

06
기업은행 대학생 홍보대사

    최근, 대학가에 급속히 증가하는 교외 활동 중 대학생 홍보대
사의 인기가 하늘을 치솟고 있다. 기업은 학생들의 눈높이에서
거부감 없는 홍보를 할 수 있어서 좋고, 학생들은 자신이 관심 있
는 회사의 경험과 정보를 얻는다는 측면에서 서로의 요구사항이
잘 맞아 떨어진 사회적 현상이라 볼 수 있다. 물론 그에 반하는
역효과도 무시할 수 없는 수준에 이르러 큰 파장을 불러일으키고
있지만 당분간 대학생 홍보대사의 인기는 지속될 것으로 보인다.
    그 중에서도 나는 기업, 그 자체에 많은 관심을 갖고 있었다.
언젠가 이룰 창업의 꿈을 위해 자금은 어떻게 지원 받을 수 있고

그 철차는 어떠한지 궁금했기 때문이며, 실제 그 구성원의 일부가 되어 회사가 어떻게 운영되는지 경험해보고 싶었다. 그 가운데 지역사회와 중소기업 육성에 가장 선도적인 역할을 담당하고 있는 기업은행의 모습에 반했고, 과감히 기업은행 대학생 홍보대사(Campus IBK)에 지원했다.

기업은행은 1961년 8월 1일, 대한민국 경제의 튼튼한 밑거름이 될 중소기업자들의 활발한 경제활동을 지원하고 육성시키려는 사명을 띠고 이 땅에 탄생했다. 반백년 가까이 이런 본연의 역할과 책임에 최선을 다해온 기업은행은 새로운 변화의 물결 속에 중소기업만을 위한 은행이라는 편견에 반기라도 들 듯, '4,800만의 기업이 있다'는 적극적이고 공격적인 홍보를 펼치기 시작했다. 국책 은행으로서 작은 기업의 육성과 발전은 물론 곧 다가올 민영화에 발맞춰 금융한류를 일으킬 세계적인 금융회사로 나아가려는 노력이 너무도 매력적으로 보였다.

특히 은행은 '권위적이고 보수적이다'는 통념에 신선한 바람을 불어넣고 있는 선도적인 프로세스와 진보된 가치관은 늘 새롭고 다양한 금융상품과 서비스를 통해 여과 없이 들어나고 있다. 휴대폰 번호로 계좌를 개설할 수 있고, 은행장이 직접 ARS 인사말을 전하는 등의 변화는 코믹스러운 광고에서도 고객의 믿음과 신뢰를 최우선한다는 느낌을 주고 있다. 수익의 상당부분을 다양한 사회적 활동을 통해 환원하고, 내실 있는 중소기업과 건전한 상생을 통해 청년실업을 해결하기 구체적인 노력에도 감동 받았다.

돈을 만지는 은행으로서 빈부격차에 따른 사회적 양극화 현상에 가만히 있을 수 없었을 터, 이를 조금이라도 해소하기 위해 전 직원이 참여하는 인간적인 교감활동이 우리 사회의 명품기업 탄생이라는 기대를 하게 만드는 지도 모른다. 앞으로도 기업은행의 역할은 점점 더 중요한 위치에서 그 기능이 강화될 것이 분명하다. 학생들은 '대기업, 대기업' 하며 그들의 원하는 조건을 맞추기 위해 발버둥치지만, 사실 우리나라 채용시장의 88%를 차지하고 있는 중소기업들이 살아나지 않는 이상 청년들의 취업대란의 해결할 수 없기 때문이다.

대기업 입사 스펙 7종 세트라고 불리는 학점, 자격증, 토익, 봉사활동, 인턴, 어학연수, 그리고 공모전을 비롯한 관련업무의 경험까지. 4년 내내 취업준비만 해도 다 채우기 힘든 과도한 요구조건에 힘없고 약자인 구직자 입장에서는 뭐라고 할 처지도, 그럴 입장도 못된다. 그저 최대한 고개 숙여 최적의 조건에 근접할 때만이 인정받을 수 있는 그들만의 세상은 지금의 나의 모습과는 상당한 온도차를 보이고 있다. 살아남지 않으면 도태될 수밖에 없는 지금의 현실, 취업하지 못한 학생들은 꽃을 피워보기도 전에 싹이 잘리는 경험을 맛보고 있다. 대한민국이 다시 한 번 도약하기 위해서는 중소기업이 일어서야 함은 너무도 당연한 현실이다.

이런 측면에서 기업은행 홍보대사는 관심을 가지지 않을 수 없는 너무도 좋은 기회였다. 하지만 일반적으로 은행권 대학생 홍보대사는 상과대학 학생들이 주축을 이룬다. 아무래도 그들의 업무가 전공과 가장 유사하기 때문일 텐데, 공대생의 입장에서 그들의 영역에 도전한다는 것은 많은 용기와 희생이 뒤따른다. 매시간 밀어닥치는 리포트와 프로젝트, 각종 조모임과 돌발 퀴즈는 매주 일정시간을 할애해 정기적인 홍보활동과 보고서를 작성해야 하는 홍보대사의 역할에 많은 제약을 가하기 때문이다. 다시 말하면 둘 다 잘하기 어렵다는 이야기며, 그렇게 얻은 경험이 향후 공대생 진로에 그다지 도움이 되지 않는다는 생각 때문이다.

하지만 나는 그렇지 않다는 확신이 있었다. 이제 더 이상 나의 영역, 너의 영역으로 나누어지는 이분법적인 세상은 분명히 사라지고 나의 것을 바탕으로 너의 것을 섞어 새로운 '무엇'을 만들어내야 하는 사회가 올 것이기 때문이다. 이런 측면에서 공대생이 갖춘 논리적 사고와 불굴의 목표달성 의지는 타과생들의 장점을 모두 수용하고도 남지 않을까. 물론 지향하는 바가 다른 학과의 특성을 비교한다는 것 자체가 어렵기는 하지만 나름의 충분한 장점이 있는 것은 분명하다.

은행권에서 가장 먼저 대학생 홍보대사를 운영하고 있는 신한은행을 필두로 국내 최대 자본을 바탕으로 인지도가 높은 국민은행, 요즘은 지역은행에서도 학생들의 요구를 반영하듯 다양한 형태의 홍보대사를 모집하고 있다. 세상의 모든 이치가 수요와 공급에 의해 그 가치가 결정되는 만큼 학생들의 홍보대사 수요가 급상승함에 따라 은행권 홍보대사 합격은 정규입사에 버금갈 정도로 치열한 경쟁을 치른다. 서류 합격 이후 면접장에 들어선 나는 당황하지 않을 수 없었다. 섬뜩할 정도로 치밀한 준비와 다양한 재능으로 무장한 친구들은 자신들의 능력과 가능성을 쉴 없이 표출해 냈다.

왜 지원했냐는 평범한 질문부터 홍보활동을 어떻게 하겠느냐는 구체적인 질문에 열심히 활동하려면 체력이 중요하다며 그 자리에서 100번의 팔굽혀펴기를 보여주는 역동적인 모습은 내 상상을 초월했다. 나도 저럴 수 있을까. 걱정이 앞섰다. 지금 이 순간, 단 한 번의 기회로 강한 임팩트를 심어주지 않으면 합격하기 힘든 상황임이 분명했다. 내가 준비한 자기소개도, 홍보전략도 너무도 평범했기에 일단 일어섰다. 그리고 면접관을 똑바로 응시했다. 내가 알고 있는 기업은행의 이미지와 개선방향을 논리적으로 설명하고 은행직원이 아닌 학생으로서 새로운 역할을 해 내겠다고 답변했다. 면접 내내 주눅이 들어 합격할 수 있을까 반신반의 했지만 결과는 합격이었다. 당시 면접관은 내 답변이 지극히 평범했지만 그 어투와 표정에서 진실함이 느껴졌고, 공대생이 용기 있게 지원한 게 기특해서 뽑았다고 말했다. 나로서는 그저 감사했고, 열심히 하겠다고 다짐했다.

기업은행 홍보대사로 활동하면서 얻은 가장 큰 배움이라면 여러 학교, 다양한 학과 친구들을 만나 나를 되돌아 볼 수 있는 시간을 가졌다는 것이다. 나이가 많다(?)는 이유 하나만으로 팀장을 맡았지만 팀별 홍보활동을 계획하고 조율하면서 너무도 힘든 일이 많았다. 전체가 함께해야 하는 일에 내 개인적인 과제나 시험은 뒤로 밀려날 수밖에 없었고, 어느 것 하나 놓치고 싶지 않은 팀원들이 욕심을 내면 낼수록 내가 힘들어졌다. 모든 의견을 수렴해야 하지만 모든 의견을 반영할 수 없는 현실적 고민에 부딪혀 닭똥 같은 서글픈 눈물을 흘리기도 했다. 지금도 한 아이의 적나라한 불만전화를 받고 학과건물 5층에서 닭똥 같은 눈물을 엉엉 토해내던 순간을 잊을 수 없다. 군대와는 또 다른 리더십이 필요함을 절실히 느꼈다.

그렇게 많은 고민을 하고 어려움을 겪으면서도 최선을 다해 나를 따라준 팀원들 덕분에 우리 경남지부는 전국에서 가장 열심히 하는 팀이 되었고, 나는 최우수 기업은행 홍보대사라는 영광을 받았다. 전국 유수의 학생들이 있었지만 이 분야의 이방인이나 다름없는 내가 1등이란 상을 받게 된 것은 정말 기적 같은 일이었다. 내 비록 3학년 1학기의 학점은 고스란히 바쳤지만 함께한다는 것의 소중함, 남녀가 함께 있으면 절대 조용해질 수 없다는 평범한 진리를 몸으로 배운 사회생활의 간접적인 체험을 적나라케 할 수 있어서 너무 좋았다. 매번 사방에서 분출되는 의견을 조율하고 맞춰 나가면서 머리털이 빠질 정도로 고통스러웠다. 하지만 어떻게든 끝까지 버텨내고 최선을 다하려고 노력하면서 한 단계 성장한 내 자신을 선물 받았다. 지금 이 순간 내가 갖고 있는 능력과 조건이 맞지 않다고 포기하려 하는 친구들이 있는가. 도전하면 열리고, 버티면 끝까지 가더라. 기업은행 홍보대사는 내게 이런 것을 가르쳐 준 소중한 경험이었다.

최우수상
최 경 호

07
나마쓰테, 네팔

'욕심은 이익을 낳고, 이익은 불행을 가져 온다.'

'가난한 사람은 돈이 없고, 돈이 많은 사람은 마음이 없다.'

네팔 전통속담에 있는 이 두 구절은 네팔에 다녀온 이후 줄 곳 내 마음속을 맴도는 작은 가르침이 되었다. 어려운 환경 속에서도 소박한 행복을 찾아가며 살아가는 그들의 모습을 보고 삶의 진정한 만족과 목표가 무엇인지 끊임없이 고민하게 되었고, 그 끝에서 작은 깨달음을 얻었다.

세계의 지붕 네팔. 그곳은 에베레스트, K2, 칸첸중가 등 8000m급 고봉들로 가득하다. 종교의 자유가 허락되고 있지만 인구의 98% 이상이 힌두교를 신봉하는 나라. 법으로 폐지된 카스트 제도가 여전히 사람의 운명을 갈라놓고 정치적 불안은 수많은 사회적 갈등을 만들어 내고 있다. 하지만 네팔의 진정한 매력은 사람에 있다. 하늘과 가장 가까운 곳에서 자연을 느끼며 매일매일 신과 대화하는 그들은 삶 자체가 믿음이요 수행이다. 인구 2,800만 대부분이 낙후된 생활을 하고 있지만 그들만의 순박함과 따뜻함을 잃지 않고 살아가는 이유는 욕심을 버리고 자연과 하나 되는 믿음이 있기 때문이다. 상상조차 하기 힘든 갖가지 형상의 토속 신들이 그들의 육체적 고통을 이기는 정신적 힘으로 작용하고 있는 것이다.

어렸을 때는 엘리베이터 산이라고 외웠던 에베레스트 산이 네팔이 있다는 걸 알고부터 네팔은 꼭 한번 가보고 싶은 끌림의 대상이었다. 고등학교 때부터 청소년적십자 단원으로 활동하고 있던 나는 각국 적십자에서 주최하는 국제교류 분야에 주목하게 됐고, 대학에 와서야 네팔로 향하는 꿈을 이룰 수 있는 기회를 얻게 된 것이다. 하지만 그 여정은 출발부터 쉽지 않았다. 최악의 홍수 피해로 국제선 운행을 잠정적으로 중단한다는 네팔항공의 일방적 통보로 출국자체가 불가할 위기에 놓인 것이다. 더구나 아프간 한국인 인질사태에 따른 부모님의 반대까지 더해지는 내·외부적인 어려움에 봉착했다. 하지만 일 년 전에도 같은 프로그램에 합격했지만 최소한의 경비를 마련하지 못해 면접을 포기했던 아픔이 있었던 터라 이번에는 꼭 가보고 싶다는 마음이 더욱 간절해졌다. 더구나 그곳은 네팔이 아닌가. 매일매일 항공편이 마련되길 기도했고 부모님의 이해를 구했다. 뜻이 있는 곳에 길이 있다고 했는가. 하늘도 나의 뜻을 알아주셨는지 인천→홍콩→뉴델리→캘커타→카트만두로 이동하는 장거리 일정이었지만 출국할 수 있는 항공편이 마련됐고, 어머니도 아들의 의지를 믿고 이해해 주시기 시작한 것이다. 네팔에 갈 수 있겠다는 희망이 내 가슴을 두근거리게 만들었다.

갖은 향신료와 눅눅함이 그대로 느껴지는 인도를 거쳐 32시간 만에 카트만두 국제공항에 도착했다. 8월의 뜨거운 직사광선이 구름을 뚫고 내 살결에 닿자 네팔에 도착했음을 실감했다. 간간히 불어오는 이 시원한 바람은 히말라야 만년설에서 출발한 것일까. 두 발로 딛고 있는 네팔이 신기루처럼 느껴졌다. 짐을 찾고 공항 출구를 나서자 네팔적십자 사무국에서 마중을 나오셨다. 예정 시간보다 약간 늦게 도착하는 바람에 우리를 찾느라 온몸을 땀으로 목욕하셨다. 하지만 너무도 반갑게 맞아 주신다. 우리도 너무 반가웠다.

우리는 곧 카트만두 시내에 위치한 숙소에 짐을 풀고, 네팔적십자 총재님과 현지 대학생들을 만나 한국에서 연습한 각종 문화공연과 다양한 응급처치 행동들을 시연하며 첫 대면행사를 가졌다. 우리도 흥겨웠고, 네팔 사람들도 너무도 뜨거운 박수를 보내 주었다. 출국 전 2박 3일간 합숙하며 열심히 연습한 보람이 있었다. 이후 10일 동안 적십자 엠블럼과 태극기를 가슴에 달고 대한민국 국가대표로서 네팔 전역을 바쁘게 돌아다녔다. 카트만두 경찰청의 협조를 얻어 현지 학생들과 교통 통제활동에 참여했고, 마을 곳곳을 손으로 청소하며 환경 미화활동을 벌이기 시작했다. 그 중에서도 가장 인상적이었던 것은 운영이 어려운 초·중등학교를 방문해 한국 문화행사를 벌이고 구호품을 전하며 다양한 인도주의 활동을 전개한 것이었다.

이런 우리의 활동들이 네팔 현지 신문과 라디오에 소개되면서 더 많은 학교에서 우리의 방문을 요청하기도 했다. 네팔 어린이들에게 꿈과 희망을 심어주고자 했던 우리는 잦은 이동과 많은 행사에 온몸이 녹초가 됐지만, 어디서든 열렬히 환영해 주는 아이들을 볼 때마다 큰 힘을 얻었고 그 힘으로 끝까지 달려갈 수 있었다. 칠판 하나 없는 열악한 환경 속에서도 열심히 공부하는 아이들의 모습을 보면서 참 많은 감명을 받았다.

가장 혼잡한 카트만두 시내에서 교통통제에 나섰을 때는 너무도 위험한 순간이 많았다. 처음에는 아무리 신호를 시켜야 한다, 차선을 준수해야 한다고 캠페인을 벌였지만 그 누구도 대꾸해 주는 사람이 없었고, 이것이 우리의 문화라며 오히려 타박을 주기까지 했다. 하지만 교통법규를 준수하는 것이 모두에게 이롭고 안전하다는 것을 포기하지 않고 열심히 알렸고, 조금씩 변화하는 사람들의 모습에 우리들 스스로 놀랐다. 지나가는 행인이 스스로 솔선수범하여 시범을 보이는 데 동참하고 현지인들을 함께 설득하기 시작한 것이다. 교육이 이렇게 중요하다는 걸 새삼 느꼈다. 네팔 사람들 대부분이 교통신호를 왜 지켜야 하는지조차 모르며 살고 있기 때문이었다.

정해진 일정을 모두 마치고, 마지막 날에는 카트만두 대학교와 친선 축구시합을 했다. 긴 바지 접어 입고 운동화 끈을 조이며 경기를 준비했던 우리는 전문 유니폼에 축구화를 신고 나타난 그들이 처음부터 심상치 않았다. 전년도 대학 축구 우승팀이라고 한다. 더구나 2,000m가 넘는 고지에서 경기를 펼치기란 너무도 힘에 부쳤다. 결과는 5:1 완패. 겨우 한골 넣어서 체면 유지는 했다는 담당선생님의 말씀이다. 하지만 우리는 결과와 상관없이 다들 즐거운 시간에 만족하며 우정의 선물을 주고받는 것으로 네팔의 마지막 날은 그렇게 저물어 갔다.

출국 전, '할 수 있다'는 믿음보다는 '갈 수 있을 까'라는 흔들림이 많았던 처음의 순간을 회상해 보면, 글을 쓰는 지금의 나는 그때보다 한 단계 성숙된 느낌을 받는다. 봉사를 통해 생활 속에서 그들의 삶을 조금이나마 이해할 수 있었고, 카트만두 대학교를 비롯한 중·고등학교 적십자 단원들과 문화·친선교류 활동을 가지면서 적십자가 추구하는 진정한 이념이 무엇인지 알게 되었기 때문이다.

고등학교 때 처음으로 알게 된 청소년 적십자. 그 이후 10년 넘게 적십자와 함께 하고 있다. 5년 동안 군 복무를 하면서도 적십자와 인연을 놓지 않아 응급처치법강사, 수상인명구조원, 재난구호 지도자교육 등을 받았고, 이후 대학적십자라는 이름으로 새롭게 시작하며 회장까지 경험하고 있음에 커다란 행복을 느낀다.

　전 세계 1억 명의 단원들과 '인도, 공평, 중립, 독립, 봉사, 단일, 보편의 7대 원칙 아래 자신을 갈고 닦는 인고의 시간을 만들어준 적십자는, 이번 해외봉사를 통해 다시 한 번 깊은 인류애를 느끼고 국제질서를 확립해 나가는 데 작은 밑거름이 되리라 믿었다. 물질에 대한 욕심이 없어 현실은 가난하지만 종교적 믿음으로 인간의 투박한 심성이 그대로 보존되어 있는 그들의 삶에서 배운 바가 많다.

　10일 동안 우리의 믿고 이끌어 주신 김성조 단장님을 비롯해 어려운 여건 속에서도 일정을 계획하고 도와 준 네팔 적십자 장학유학생 산지브와 대한적십자 중앙본부 남관우 계장님, 충북지사 이준형 계장님에 감사드리며, 부산지사 RCY 담당 서정혜 선생님에게도 이런 좋은 경험을 할 수 있도록 기회를 준 점에 대해 진심에서 우러나오는 감사의 말을 전하고 싶다.

08
휴대폰으로 나무 심기

    공대에서 어려운 전공수업이 가장 많고, 졸업학년이 임박해 오면서 내·외부적 심리부담이 극에 달하는 공포의 3학년 2학기. 이때는 아름다운 단풍을 느껴볼 틈도 없이 시간은 바삐 흘러가고, 다가오는 겨울만큼 학생들의 마음도 꽁꽁 얼어붙는다. 하지만 나의 그 시절은 영원히 잊히지 않을 소중한 경험으로 따뜻이 채워져 있다. 이름하여 휴대폰으로 나무 심기 프로젝트! 정말 그 때는 무슨 정신과 체력으로 그렇게 모든 걸 쏟아 부었는지 지금 생각해도 그저 신기할 뿐이다. 아무래도 우리는 이 프로젝트에 미쳐있었던 것 같다.

사건의 발단은 우연한 계기를 통해 얻어졌다. 우리나라에서 세계 최초로 상용화한 CDMA(코드분할다중접속방식) 기술의 원천 기술을 갖고 있는 것으로 유명한 퀄컴(Qualcomm)이란 회사가 대학생을 대상으로 '그린 모바일' 행사를 개최한다는 소식을 알게 된 것이다. 처음 그 포스터를 보자말자 '딱 내 스타일이다!' 라는 강력한 느낌이 왔다. 휴대폰이면 우리 학과 학생들이 개발자로 제일 많이 취직하는 분야이기도 했고, 무엇보다 그린이란 단어가 좋았다. 더욱이 행사 진행 방식도 마음에 들었다. 대부분의 공모전들이 1차 서류전형과 2차 발표를 하는 것으로 최종 순위를 가리는 데 반해, 이 행사는 2차 발표를 통해 8개 팀을 선정, 자신들이 제안한 프로젝트를 실제로 진행해 볼 수 있는 체험형 방식이었기 때문이다. 최종 우승팀에게는 1,000만원이라는 장학금까지 수여한다니 머리에서 지워지지 않음이 당연한지도 모른다.

도전해 보고 싶었다. 하지만 반드시 팀 단위로 지원해야 한다는 조건 때문에 주변 친구들에게 권해 봤지만 다들 바쁜 학기라 다른 것에 눈 돌릴 틈이 없다는 반응뿐이었다. 그렇게 아쉬운 마음으로 며칠을 보내면서 지원도 못하나 싶었는데, 온라인 학교게시판을 통해 극적으로 4명의 공대생이 운명적으로 만났다. 최치훈, 김태영, 정유진 그리고 나. 학과도 다르고 학년도 모두 다른 4명이 큰일을 치기 시작한 것이다. 당시 이 게시물을 올린 지훈이는 너무 많은 연락이 와서 자체 면접까지 보며 상당한 고심을 했다고 한다. 모두들 공모전 경험이 없어 어떻게 시작해야 할지 갈팡질팡했지만 최선을 다하고자 하는 의지만큼은 1등이나 다름 없었다.

우리는 그린 모바일이라는 주제에 맞게 '몽그린'이란 팀명을 붙였다. 夢(꿈 몽)과 초록의 Green을 합성한 단어로 초록으로 꿈(!)을 이루자는 의미를 담았고, 어떤 내용의 제안서를 어떻게 작성할 것인지 논의했다. 작년에 입상했던 팀들을 수소문하여 경험담을 듣기도 했고, 여러 공모전의 자료를 수집하며 우리들만의 틀을 만들어 나갔다. 한 달도 채 남지 않은 촉박한 시간 때문에 각자 역할을 분담해 일정을 조절해 갔다. 무엇보다 기본적인 콘셉트를 잡는 것이 가장 중요했는데, 생각보다 아이디어가 떠오르지 않아 고통스러운 시간을 보냈다. 아무리 회의를 해도 만족스러운 아이디어가 떠오르지 않아 산책이나 운동을 하면서 이야기하기도 했고, 전지를 펼쳐 놓고 마구 생각나는 단어들을 적어가며 관련 있는 단어를 묶는 형태로 아이디어를 도출해 냈다. 그렇게 다듬어 진 것이 바로 휴대폰으로 나무를 심어보자는 이색적인 생각이었다.

퀄컴은 휴대폰으로 대표되는 모바일 기술을 가장 많이 갖고 있는 회사였기 때문에 환경을 지키고 보존한다는 측면에서 무선 기술의 상징성이 가장 큰 휴대폰을 이용해 환경보호에 기여할 수 있으면 그것이 바로 그린 모바일 아니겠냐고 생각했다. 그 개념에 접근하는 방법에 대해서는 많은 의견이 있었으나 요즘 현대인들은 환경보호의 중요성은 잘 알고 있지만 시간과 여건이 안 되어 나무 한 그루 제대로 심지 못한다는 현실에 착안했다. 그래서 우리는 작은 묘목을 미리 구입해 임시로 심어둔 다음, 참가자들을 모집. 이들과 인연을 맺어주며 자신의 나무로 성장시켜보기로 했다. 우리는 각 나무마다 참가자들의 꿈을 싣고 성장해 가는 모습을 휴대폰 포토메일을 통해 꾸준히 전송해 주는 역할을 함으로써 좀 더 많은 관심을 얻는다는 전략이었다. 아무래도 직접 프로그램을 개발하거나 모듈을 만드는 것보다는 사람들의 인식전환이 환경보호의 가장 큰 밑거름이라 믿은 것이다.

그렇게 기본 개념을 잡고, 한때 유행했던 다마고찌처럼 휴대폰으로 내 나무를 키우며 모바일 기술의 발전이 환경보호에 활용될 수 있음을 어필하는 제안서를 작성했다. 1차 서류를 통과하고 2차 발표까지 합격하는 영광을 얻어 실제로 우리가 제안했던 프로젝트를 진행해 볼 수 있는 기회를 얻은 것이다.

전국에서 우수한 성적으로 선발된 8개 대학팀들 모두 너무도 창의적인 아이디어와 접근으로 깜짝 놀라게 했다. 공개발표를 통해 공통주제로 선정된 아이디어를 바탕으로 각 팀만의 색깔을 담은 프로젝트가 3개월간 진행됐다. 발대식을 마친 우리는 매일 만나면서 나무 공부를 시작했고, 다양한 모바일 기술과 홍보 방향을 접목해 나갔다.

무엇보다 몸으로 움직이며 우리 스스로 솔선수범하는 프로젝트로 완성해 나가기로 했다. 실제 100그루의 나무를 구입했고, 부산 원예고등학교의 협조를 얻어 3개월간 나무를 관리할 수 있게 됐다. 한 겨울 삽질을 통해 나무를 심고 내 자식인 양 정성스럽게 관리했다. 거리를 돌며 목이 터져라 홍보했고 관심 있는 100명의 체험단을 모집했다. 그들에게 우리가 관리하고 있는 나무를 일대일로 연결해 휴대폰 사진을 찍어 보내 줌으로서 애착심이 생기도록 유도했고, 그 외에도 다양한 환경보호 이벤트를 벌여 관심을 갖도록 장려했다. 변화는 느렸지만 효과는 꾸준히 나타났다. 응원 문자메시지가 쇄도했고 자신들의 나무를 통해 자연을 더욱 생각하게 됐다고 했다. 인터넷 커뮤니티를 활용해 우리들의 활동과 나무들의 모습을 재미있게 볼 수 있도록 만화로 연재했고, 다양한 환경보호 자료들을 읽을거리로 게시해 나갔다. 밤낮도 잊은 채 우리들의 활동영역은 전국으로 확산됐다.

BMW 실천하기. 자전거(Bicycle) 타고, 지하철(Metro) 타고, 걷는(Walk) 것이 환경보호의 시작이라는데 실제로 우리가 한번 경험해 보자며 부산지하철 1호선을 따라 처음부터 끝까지 자전거를 타고, 두 발로 뛰었다. 산불이 나자 그 현장을 답사해 자연파괴 현장을 아픔을 가슴으로 느꼈고, 지리산 천왕봉에 올라 깨끗한 자연의 소중함을 두 눈으로 확인했다. 이런 몽그린의 활동이 조금씩 알려져 신문과 라디오에 보도되면서 익명의 기부를 받기도

했고, 수천 그루의 나무를 후원받기도 했다. 그렇게 3학년 2학기와 겨울방학을 보내고, 이듬해 4월. 참가자들과 함께 겨우내 가식(假植)된 자신들의 나무를 산불 난 지역에 함께 심음으로써 우리들의 활동은 마무리 됐다.

길고 힘든 고뇌의 시간이었지만 많은 배움을 경험을 통해 얻었다. 눈에 넣어도 아프지 않을 멋진 친구들을 만났고, 최우수 팀이라는 과분한 결과를 얻었다. 함께 한다는 것이 얼마나 중요하고 큰 힘을 발휘할 수 있는지 느꼈고, 생각의 다름을 조율하는 아름다운 과정을 가슴으로 받아들였다. 6개월이 넘는 시간동안 제 1순위로 몽그린을 생각했던 4명의 요원들에게 마음에서 우러나는 사랑을 전하고 싶다. 퀄컴과 함께했던 8개 대학교 팀들, 이들이야말로 기술로 아름다운 세상을 만들 진정한 공대생이라 생각한다. 정말 최고다!

09
영상과 데이트하며 꿈꾸다!

 '영상의 혁명'이라고까지 불리며 전 세계를 휩쓸었던 영화 아바타(Avatar)는 국내 개봉 38일 만에 1,000만 관객을 돌파하며 입장권 수익만 900억 원에 육박했다는 소식이다. 내가 잠시 머물고 있는 프랑스에서도 아바타의 열풍은 예외가 아니어서 연일 매진행진을 거듭하며 각종 사회적 이슈를 뿜어내고 있다. 최신 3D 기술로 구현된 생생한 볼거리와 탄탄한 내용까지 더해진 이 영화는 남녀노소 누구나 가장 선호하는 최고의 영화가 됐고, 각계각층의 관심을 한 몸에 받고 있다.

 우리의 눈을 즐겁게 하고 인간의 신비한 감정 변화를 이끌어

내는 영상의 힘은 실로 무한하다. 영상은 그 어떤 콘텐츠보다 강력한 전달 매체로 사회적 파급효과가 크고, 대중들에게 직접적이면서도 간접적인 흡수력을 갖고 있기 때문이다. 그래서 세계는 자국의 영상산업을 지켜내기 위해 갖가지 보호 장벽을 만들어 놓고 이를 규제한다. 한국 역시 우리의 영상산업을 보호하고 육성하기 위한 다양한 지원프로그램을 마련하고 있는데, 그 중심에 부산이 있고 부산대학교 문화콘텐츠개발원이 있다고 해도 과언이 아니다.

어린 시절부터 기록하고 사진 찍기를 좋아하던 나는, 3번에 걸친 부산국제영화제 자원봉사를 경험하면서 영상에도 많은 관심을 가지게 되었다. 잘 만든 다큐멘터리나 영화를 보고 나면 며칠씩 그 분위기에 빠져 지낼 정도로 정신을 쏙 빼놓았고, 소소한 UCC를 직접 만들어 보면서 내 나름의 즐거움을 느끼기도 했다. 특히, 여행관련 방송은 빼놓지 않고 챙겨보는 마니아가 되어 버렸고, 언젠가 이런 영상을 만들고 싶다는 욕심이 생겼다.

그러던 어느 날, 친구를 통해 달콤한 유혹에 이끌렸다. 영상 제작에 필요한 기초부터 촬영, 편집에 이르는 모든 과정을 경험해 볼 수 있는 전문 교육프로그램을 운영한다는 것이었다. 순간 "요거다!"라는 생각이 섬광처럼 스쳐 지나갔다. 지체 없이 지원서를 다운받아 작성하기 시작했고, 운명같이 효원문화영상 PD/VJ 2기에 합격하는 기쁨을 누렸다. 대부분 신방과, 예술영상학과 학생들이 많았지만, 다양한 학과 출신들의 학생들이 두루 선발되어 영상에 벽이 없음을 실감했다. 우리는 교수님의 전폭적인 지원과 담당선생님의 헌신적인 노력이 빛을 발해 그 어느 때보다 탄탄하고 내실 있는 교육을 받았다. 우리 역시 열정을 불태우며 영상전문가로 거듭날 뜨거운 담금질에 들어갔다.

몇 번의 오리엔테이션을 통해 5~6명으로 팀을 나눴고, 5개월 간 하나의 완성된 영상을 만들어 내는 과제가 주어졌다. 우리 스스로 콘텐츠를 기획하고 촬영하여 편집하는 실무 위주의 교육인 만큼 학생들 스스로 잘해보겠다는 의지가 남달랐고, 이를 위한 학교의 각종 지원 프로그램이 쉼 없이 이어졌다. 팀당 배정된 영상전문 멘토(PD)는 아직 어설픈 학생들의 든든한 동반자가 되어 주었고, 우리나라 전문 영상인력의 절반은 효원문화영상 PD?VJ 출신으로 만들겠다는 문화콘텐츠개발원의 정신적 응원 역시 큰 힘이 됐다.

교육프로그램은 매주 · 격주 단위로 진행되는 공식교육과 팀 단위로 진행되는 자체교육으로 구분됐다. 공식교육은 학교에서 지원하는 전문프로그램으로 영상학과 교수님들의 심도 있는 이론 교육과 현장에서 영상업무를 하고 계시는 방송국 PD와 유명 작가 선생님들이 초빙됐다. 간단한 영상촬영 기법들을 전자기학적으로 분석한 교수님의 놀라운 강연과 실제 영화촬영을 마치고 후반작업을 하고 계시던 영화감독님의 강의를 꾸준히 들을 수 있었던 행운은 어렴풋한 하늘의 무지개 색이 7가지 색깔로 이루어져 있다는 걸 명확히 구분해 줄 정도로 명확하고 깔끔했다.

이런 공식교육을 바탕으로 영상제작을 위한 자체적인 팀 단위 교육이 병행됐다. 우리 팀에 배정된 PD님은 이미 수많은 영상기획하고 제작한 경험을 갖춘 베테랑이어서 너무도 배울 점이 많았다. 특히, 문제가 생겨 어려움에 봉착할 때마다 구세주처럼 나타나 우리 스스로 문제를 해결할 수 있도록 다양한 의견을 제시해 주었고, 때론 심각하게 때론 재미있게 분위기를 리드해 주었다.

효원문화영상 PD · VJ로 활동하면서 또 하나 잊을 수 있는 경험이라면 바로 첨단영상교육센터에서 진행된 '고급 영상편집 기술'을 배우는 것이었다. 이곳은 우리나라 대학 최초의 애플 국제 공인교육기관으로 우수한 국제공인강사와 최신 영상기기들로 꽉 차있는 보물섬 같은 곳이었다. TV에서나 볼법한 고가의 ENG 카메라와 전문 영상편집 기기들을 실제로 만져보면서 기초부터 하나하나 배울 수 있었던 행운은 정말 흔치 않은 기회였다.

특히 최고의 영상편집 툴이라고 불리는 파이널컷(Final Cut Pro) 국제공인자격 과정을 밟아 자격증을 획득할 수 있었던 경험은 정말 최고였다. 합격률이 30% 밖에 되지 않고, 응시료 또한 만만치 않아 지금까지 우리나라에서는 그림의 떡 같이 느껴진 자격증이었다. 하지만 이 모든 비용과 교육을 지원받고, 주말도 없이 하루 10시간 이상의 파이널컷과 고군분투한 끝에 최종 자격시험에 합격했을 때의 기쁨은 이루 표현하기 힘들 정도로 뿌듯했다.

아직도 영상편집교육 첫날에 애플 국제공인 강사선생님이 한 말이 잊히지 않는다. 학생들에게 왜 이 과정에 참여하고 있느냐? 꿈이 무엇이냐 물었을 때, 많은 학생들이 KBS, MBC PD가 되고 싶다고 말했다. 강사님의 표정이 굳어졌다. "그런데 왜 CNN이나 BBC PD가 되고 싶은 사람은 없느냐?"고 도리어 호통을 치셨다. 효원문화영상 PD·VJ로 활동한 5개월은 내게 이런 것이었다. 자격증을 따고, 영상편집 기술을 배운 것 보다 더 큰 꿈을 가질 수 있게 된 것. 꿈을 그리는 사람은 그 꿈을 닮아간다는 말을 가슴 속에 새길 수 있는 소중한 시간이었다. 새로운 꿈을 그린 덕분에 밴쿠버동계올림픽 리포터로 선발될 수 있는 기회를 얻고, 프랑스에서 공부할 수 있는 시간을 가질 수 있었는지도 모른다. 지금까지 부산대학교 문화콘텐츠개발원과 함께할 수 있었던 것을 너무도 감사히 생각하며, 앞으로 무슨 일을 하든 즐겁게 촬영하고 편집할 수 있길 내 스스로 다짐해 본다. 실로 영상의 즐거움이 대단함을 생활 속에서 느끼고 있기 때문이다.

10
돈과 프랑스 생활, 그리고 나

  졸업을 앞두고 취업 대신 프랑스 연수를 택했다. 그런 프랑스
생활이 막바지로 치닫고 있다. 짧았지만 짧지 않았던 지난 시간
들, 이제 겨우 조금 알 것 같은데 떠나야 한다고 생각하니 아쉬운
마음이 먼저 남는다. 왠지 다시 시작하면 조금 더 실수 없이 잘
할 수 있을 것 같고, 처음 계획했던 목표들도 모두 달성할 수 있
을 것만 같다. 지난 6개월을 생각하면 나도 모르는 만감이 교차
한다. 나 역시 외국 생활에, 특히 프랑스 생활에 많은 동경을 갖
고 있었지만 누구나 그렇듯 살아본 외국은 상상 속의 그 곳과 참
많이 달랐기 때문이다. 사람, 풍경 그리고 내 자신조차도.

돌아가려고 짐을 정리하고 있는 요즘, 나를 가장 힘들게 만들었던 근본적 이유가 무엇인지 생각해 봤다. 뭘까, 내가 가장 많은 시간을 쏟아 부었던 그것의 원인은, 그것은 '돈'이었다. 지금껏 집에서 돈 한 푼 안 받고 한국에서 아르바이트를 하며 모아온 약간의 돈(1,500유로 남짓)과 처음에 가지고 온 돈(400유로)으로 버텨왔다. 돈을 받을 수 있는 사정도 안 되고, 더욱이 내가 자청한 일이라 말도 못 꺼내봤다. 하지만 나에겐 최소한의 믿는 구석이 있었다. 프랑스 학교에서 매달 조금의 장학금(400유로)을 받기로 했기 때문이다. 하지만 프랑스 특유의 많은 서류와 느린 행정적 절차로 지난달에서야 그 돈을 몽땅(?) 받았다. 지난 5개월간, 고군분투하며 버틴 나날을 생각하면 나조차도 그저 신기할 따름이다. 그동안 내가 참 별 짓을 다해왔구나. 그래도 죽으라는 법은 없는지, 용케 잘 버텨왔다.

프랑스에 도착하자마자 상상하지도 못한 엄청난 물가에 내 모든 신경세포는 민감한 적대반응을 보인다. 1.4유로 교통비를 아끼기 위해 학교에서 40분 걸리는 시내까지 얼마나 많이 걸어갔는지 모른다. 매번 오라 가라, 2시간 기다려서 약속 잡고, 편지 받으면 다시 서류 가지고 와라. 3개월까지만 해도 각종 행정기관이 몰려있는 시내에 다녀오는 일은 하루 중 가장 중요한 일과였다. 체류증이 없어도 되는 비자를 받아 왔지만 주택보조금(돈)을 받을 수 있다는 말에 과감히 체류증을 받아보기로 했다. 수없이 이어지는 서류와 검사들, 그리고 틈틈이 들어가는 각종 수수료와 우편료. 이것만 해도 100유로에 육박한다. 그래서 최종적으로 받은 주택보조금은 160유로. 그동안 들인 공을 생각하면 손해나 보지 않았나 모를 정도다. 그리고 그때는 왜 그렇게 배가 고프던지, 돌아서면 허기를 느끼는 듯했다.

여기 물은 석회석이 많아서 그냥 먹으면 안 된다고 했다. 그래서 먹는 물만은 매일 사서 먹었다. 물론 제일 싼 걸로. 하지만 그것도 아껴야 했다. 어느 순간부터는 학교 식당에 있는 정수기 물을 받아와서 먹었다. 눈치가 덜 보이는 11시 30분이나 13시 40분쯤 가서 페트병에 물을 담는 일은 습관이 되어 버렸다. 그나마 식당에서 밥을 먹는 날에는 조금 괜찮았지, 물만 떠서 오는 날은 정말인지 얼굴이 빨개졌다. 괜히 누가 뭐라고 할까봐 가슴 두근두근했고. 마트에 가도 언제나 나의 선택은 eco+(초저가 상품) 마크가 있는 것만 선택했다. 화장실을 갈 때마다 방에서 쓸 휴지 몇 장을 더 챙겨오는 것 또한 필수다. 휴지 값도 만만치 않기 때문이다. 더구나 400유로 잃어버리고, 계약 잘못해서 340유로 날리고. 피 같은 내 돈…… 그때가 정말 금전적으로 가장 힘들었던 때였던 것 같다.

서른 살이 될 때, 어딘가 홀로 여행하는 것은 나의 오랜 꿈이었다. 쪼개고 쪼갠 돈으로 구입한 기차표 두 장, 그것만 달랑 들고 10일간 한겨울 크리스마스 캐럴을 들으며 프랑스 남부를 돌아 다녔다. 아비뇽에서 니스까지, 걷고 걷고 또 걸었다. 여행이 아니고 무슨 훈련을 하는 것 같은 느낌이었다. 산에서 노숙하고, 밥을 얻어먹고, 차를 얻어 탔다. 그때는 정말 다시는 돈 없이 여행 안 한다고 수 없이 다짐했었다. 힘든 것보다 뭐가 그리 서러웠던지. 돈이 있었다면 근사한 프랑스 '헤스토항'에서 칼질 한 번 해봤겠지. 꼭 한 번 해보고 싶었는데, 외식이라고는 지금까지 케밥이 전부다. 연구실 생활 끝나고 후배가 공부하고 있는 스페인을 여행할 계획했지만 그것도 결국 돈 때문에 접었다. 친구들이 주말에 나와서 맥주 한 잔 하며 놀자고 했을 때, 맥주 값 5유로가 아까워 이런저런 핑계를 대며 거절했던 적도 수없이 많다. 오늘도 영화 같이 보자고 했는데 못 갔다.

　돈 없이도 잘 살 수 있다고 열의를 불태웠지만, 돈 없이 사람답게 사는 건 불가능에 가깝다는 걸 알게 됐다. 나도 조금은 집에서 돈을 받아 쓸 수 있는 상황이 됐으면 하는 투덜댐이 늘 섞여 있었다. 적어도 매달 500~1,000유로씩 받아쓰는 아이들, 20~30유로는 별 부담 없이 '내가 낼게' 하는 아이들이 솔직히 부러웠다. 크리스마스라서 각종 명품들이 80%까지 할인한다며 내일 같이 사러 간다는 대화 속에 내가 낄 자리는 없었다. 나에게 넉넉한 돈이 있었다면, 적어도 학교에서 밥 먹고 매달 기숙사 비 정도만 걱정 없이 해결할 수 있는 돈이 있었다면 프랑스 생활이 정말 많이 달라졌을 거라는 생각이 든다.

하지만 나에게 돈은 없었지만 돈이 없었기 때문에 배울 수 있었던 많은 것들이 더 소중함을 알게 됐다. 프랑스 남부 여행경비로 아껴 모았던 400유로를 모두 잃어버렸지만, 그래도 떠날 수 있었던 소중한 용기를 얻었고, 프랑스 마을 구석구석을 걸어 다니며 도시에서는 느껴볼 수 없었던 프랑스의 속살을 경험했다. 방값이 없어 불을 피우며 노숙을 했지만, 올리브 나무가 잘 탄다는 걸 아는 사람이 있을까. 지도 사는 돈조차 아낀다며 결국 길을 잃어버렸지만 오히려 더 많은 곳에서 새로운 경험을 할 수 있었다. 내 비록 프랑스 명품 이름은 몰라도 내 삶의 가치를 조금이나마 더 알게 됐고, 지금껏 맛(?) 없고 값싼 음식만 먹어 와서 그런지 앞으로는 어떤 음식을 먹어도 맛있게 먹을 수 있을 것 같으니 이 또한 내 삶의 소소한 행복이 되지 않을까.

내가 돈 없다고 불평할 때, 나보다 더 어렵게 공부하고 있는 더 많은 아이들을 볼 수 있게 됐다. 빈손으로 프랑스에 와서 어학을 마치고, 여름마다 서너 달씩 합숙 알바를 하며 1년 학비를 스스로 벌어 공부하면서도 힘들다는 말없이 열심히 공부하는 아프리카, 중국 친구들. 어려운 집안 사정에 매달 생활비 송금까지 해주고 병원비까지 감당하고 있는 사실을 알았을 때는 내가 얼마나 현실을 감사할 줄 모르는지 되돌아보게 했다. 정말 그랬다.

외국 생활에 돈은 꼭 필요한 것 같다. 하지만 꼭 필요한 돈이 얼마인지는 잘 모르겠다. 어떻게 보면 돈이 없었는지, 마음의 여유가 없었는지 아리송하다. 프랑스에 오고 싶어도 기회가 안 돼서 못 오는 사람이 훨씬 많은 데, 그에 비하면 나는 참 복 받은 사람이다. 세계를 품지 못할 그릇이면 어떠랴, 내 소중한 사람들만 품어도 최고의 인생이 될 수 있음을 알게 됐다. 조국의 귀중함을 알고, 가족의 소중함을 알고, 아파트 베란다의 꽃이 그리워짐을 얻은 것만 해도 너무도 소중한 교훈이다. 4학년 취업도 포기하고 프랑스까지 와서 멀리멀리 날아갈 줄만 알았던 자신을 되찾았다. 돈은 없었지만, 때문에 더 많은 정신적 배움이 있었던 나의 첫 외국 생활, 내 평생 든든한 삶의 밑천을 얻었다.

11
김연아와 함께한 애니콜리포터

애니콜리포터로 밴쿠버 동계올림픽에 참가한 이야기는 2006년 토리노 동계올림픽으로 거슬러 올라간다. 군복무를 마치고 학교로 돌아갈 첫 해, 학생이 된다는 기쁨을 자축하기 위해 뭔가 색다른 이벤트가 필요함을 느껴 토리노동계올림픽 리포터로 지원했다. 내심 기대했었지만 당시 최고의 국민배우였던 문근영의 홍보로 수많은 대학생들이 지원했을 터, 나는 서류 심사도 합격하지 못한 채 아쉬움을 삼켰었다. 그렇게 한 동안 잊고 지내다 4학년이 되어 의욕적으로 시작한 영삼성 캠퍼스리포터를 계기로 2010년 벤쿠버동계올림픽 애니콜리포터를 꿈꾸게 되었다.

올림픽 공식 후원사인 삼성전자에서는 1997년 나가노 동계올림픽부터 우리나라 대학생들을 파견하여 현지에서 올림픽을 체험하고 신문의 기사를 직접 작성할 수 있는 기회를 주고 있다. 이런 시대적 흐름을 타고 2008년 베이징올림픽부터는 인터넷 블로그까지 그 활동범위를 넓혀 좀 더 생생하고 이색적인 기사로 큰 인기를 모으고 있다.

내 스스로 어느덧 종반으로 치닫는 대학생활을 이대로 끝낼 수 없다는 아쉬움이 컸다. 더구나 의욕적으로 준비했던 롤컴 IT투어와 HP글로벌체험단에 아쉽게 떨어지자 너무도 큰 상실감에 빠져 있었고, 최선을 다하지 못했다는 자책이 나를 괴롭히고 있었다. 29살 대학생으로서 할 수 있는 마지막 기회, 애니클리포터를 잡고 싶은 마음이 너무도 간절했다. 이를 위해 정말 치밀하게 지원서를 준비했다. 역대 동·하계 올림픽의 특징을 모두 면밀히 분석하고 지금까지 리포터들이 활동하며 작성했던 결과물을 바탕으로 나의 장점들을 적극적으로 어필했다. 해외취재 능력과 각종 디지털 장비의 숙련도를 보여줄 수 있는 포트폴리오를 추가로 첨부했고, 열정을 담은 상세한 자기소개서를 구체적인 사례를 통해 표현했다. 그렇게 메일로 지원서를 전송하고 초조한 마음으로 연락을 기다렸다. 과연, 나에게도 기회가 올까.

연락이 왔다! 적십자에서 응급처치강사 선생님들과 홍보활동에 필요한 자료를 만들다가 서류전형에 합격했다는 연락을 받고 어찌나 기뻤던지 입에 귀에 걸려 지냈다. 며칠 후, 삼성전자 본사에서 5대 1로 압축된 치열한 면접이 진행됐다. 늦지 않도록 30분 일찍 도착했고, 편안한 마음으로 기도했다.

'하나님, 부처님, 열심히 하겠습니다. 기회를 주세요.'

배정된 시간 순서대로 이름이 호명되고, 언뜻 보기에도 너무도 똑똑해 보이는 4명의 지원자들과 함께 면접장으로 들어섰다. 내 앞에는 6명의 면접관이 계셨다. 자리에 앉자말자 인사도 하기 전에 "부산에서 오느라 고생했다"며, KTX가 대전에서 고장 나면 어떻게 서울까지 오겠냐며 물어왔다. 갑작스런 질문에 전의를 잃고 몇 마디 답변하지도 못했다. '아~ 시작도 하기 전에 벌써' 이어 30분간 편안한 분위기 속에 이어지는 다양한 질문들, 영어 질문은 면접이 거의 끝날 무렵 하나씩 주어졌다.

"김연아 피겨스케이팅 말고 취재해 보고 싶은 종목이 있나요? 브라질이 2016년 올림픽을 유치했는데, 어떤 이유에서 가능했다고 생각하나요? 1차 서류 합격자 중에서 가장 나이가 많은 데 (무려 9살이나) 어떻게 할 건가요? 팀 화합이 무엇보다 중요한데, 갈등이 생기면 어떻게 해결할 건가요?" 끝도 없는 질문이 이어졌다. 어느 것 하나 쉽지 않는 질문에 진땀을 뺐지만 다들 마법을 풀어 놓은 듯, 어찌 그리도 자신 있고 조리 있게 답변을 잘 하던지 면접 그 자체가 감동과 감탄의 연속이었다. 나는 아직 멀었구나. 어휴~.

면접 후, 인터넷에는 면접 후기들이 속속 등장하곤 했다. 결과가 발표되는 순간까지 올림픽자료를 살펴보며 마치 합격한 것처럼 최선을 다하자는 생각으로 내 자신에게 긍정적인 에너지를 불어 넣었다. 낯선 전화번호가 뜬다. 서울 번호다! 갑자기 수많은 추측이 복잡하게 얽히면서 떨리는 손을 진정시키며 통화 버튼을 눌렀다.

"안녕하세요, 여기는 애니콜리포터 사무국입니다!"

"와~ 감사합니다!"

"뭐가 감사한가요?? 하하~ 합격 축하드립니다. 추후 일정은 메일로 안내드렸습니다." 이렇게 나는 17명의 애니콜티포터들과 함께 꿈을 이루고, 동계올림픽이 열리는 밴쿠버에서 만년설도 녹일 뜨거운 열정과 투지로 너무도 즐거운 시간을 보냈다. TV속에서만 보던 김연아 선수를 직접 만나고 현장에서 경기를 볼 수 있었다는 건 너무도 큰 기쁨이었고, 중국 · 미국 · 캐나다 · 러시아에서 선발된 각 나라별 애니콜리포터들(SME)과 교류하며 말 그대로 세계인의 축제 속에 온몸을 맡겼다. 우리나라에도 이렇게 세계적인 기업이 있다는 사실이 자랑스러웠고, 매일매일 승전보를 전해주는 대한의 선수들을 소개하느라 쉴 틈이 없었다.

늘 부족했던 내가 애니콜리포터에 선발되어 올림픽 현장의 기쁨을 누릴 수 있었던 것은 두 번의 탈락에도 포기하지 않고, 만학도의 나이에도 도전할 수 있었던 의지가 컸음을 뒤늦게 알게 됐

다. 그리고 많이 준비하고 노력하면 할수록 그 가능성은 점점 더 높아진다는 걸 배울 수 있었다. 너무도 열정적으로 사는 아이들이 많구나, 세계는 이렇게 치열하게 움직이고 있구나, 나도 좀 더 열심히 살아야겠다는 생각을 끊임없이 느낄 있도록 만든 소중한 경험이었다.

대학생이 해야 할 고민들

chapter3. 대학생에게
권하고 싶은 6가지

이 수첩을 들고 다니자

지금의 나를 기록하는 것은 너무도 중요하다. 그 중에서도 생각은 너무도 휘발성이 강하기 때문에 기록하지 않으면 순식간에 날아가 버린다. 기록하지 않으면 사실과 결과만 남을 뿐, 더 소중한 의미를 담고 있는 당시의 느낌과 과정은 흔적도 없이 사라져 버리고 말기 때문이다. 기록은 세상을 향한 감성의 카메라가 되어 머리에서 재창조되는 과정을 거치게 된다. 이는 창의력의 토대가 됨은 물론 무형의 자산을 축적하는 효과까지 얻는다. 번득이는 아이디어와 희미하게 스쳐지나가는 미래의 계획까지 잘 기록함으로서 소중한 대학생활의 열정을 오래토록 활용할 수 있는 원동력으로 만들어야 한다. 때문에 미래에는 얼마나 잘 기록하는지에 따라 삶의 가치가 달라진다고 해도 과언이 아니다.

평소에 기록하는 습관을 기르기 위해서는 언제나 수첩을 가지고 다니는 중요하다. 내 가방에 응급처치 미니킷(kit)이 들어있다면 내 주머니에는 언제나 작은 수첩과 삼색 볼펜이 들어있었다. 밥을 짓기 위해 물이 필요하듯 기록을 하기 위해서는 종이와 펜이 필요한 이유와 같다. 최근엔 스마트 폰을 비롯한 여러 디지털 기기들이 보급되어 보다 다양하게 기록할 수 있는 상황이 되고 있지만 빠른 메모와 순간의 감정까지 담아내기엔 여전히 종이만한 게 없다. 이것이 또렷한 기억보다 희미한 연필 자국이 더 낫다고 믿는 까닭이다.

A4 크기의 노트도 좋고, 500원짜리 포켓용 수첩도 좋다. 다만 언제 어디서든 기록하겠다는 생각을 가지고, 주위를 관찰하는 자세만 가지면 된다. 생각나는 것을 형식에 얽매이지 않고 자신만의 스타일로 자유롭게 적어 나가는 것이다. 친구를 기다리면서 잠시 떠오르는 생각이나 눈앞에 보이는 여러 사물에 대해 부담 없이 펜촉을 굴려보자. 여기서 중요한 것은 이렇게 쓴 기록을 따로 정리해 두면 더욱 좋다는 것이다. 시간이 지나도 기억하고 싶고, 느끼고 싶은 생각이나 계획들은 이런 반복적인 과정을 통해 뼛속 깊이 내재되고 필요한 순간에 마법처럼 융합되어 떠오르기 때문이다.

나는 어렸을 때부터 어머니의 유전적(?) 영향으로 기록하고 정리하길 좋아했다. 언젠가부터 시작한 가계부를 아직도 쓰고 있으며 내가 딴 자격증, 내가 참가한 행사, 내가 받은 교육들까지 분야별로 나눠 꾸준히 기록하고 있다. 이렇게 매 순간 수첩을 들고 다니면서 나의 모든 발자취를 적어두니 의외로 유용한 점이 많아 내 스스로도 놀랄 때가 많았다. 힘겨운 재수시절을 보내면서 모든 것이 잘 되지 않아 대학마저 포기하고 있었을 때, 라디오 방송을 통해 내게 맞는 입학전형이 있다는 걸 원서마감 2시간 전에 들었다. 그 때 필요한 서류들이 꽤 많았는데, 미리 기록하고 정리해 둔 덕분에 1시간 만에 모든 서류와 지원서를 준비해 접수할 수 있었다. 지금의 대학을 다닐 수 있었던 이유도 어쩌면 잘 기록하고 정리했기 때문이라고 할 수 있다.

이런 습관은 대학에 다니면서도 계속 이어져 급하게 지원서를 작성하거나 필요한 증명서를 찾을 때 유용하게 활용됐다. 책을 읽거나 다큐멘터리를 보면서 기억하고 싶은 것들은 꼼꼼히 적어서 정리해 두고 여러 행사나 짧은 여행을 가더라도 같은 방법을 통해 기록해 놓고 있다. 때론 이런 노력들이 불필요하게 느껴질지 모르지만 언젠가 내 자신만의 당당한 경쟁력으로 성장할 수 있는 중요한 토대가 됨을 잊지 말아야겠다.

책을 읽으면서 기록하는 습관을 들이는 것도 좋다. 어떤 대목에서는 저자에게 궁금한 질문이 될 수도 있고, 내가 알고 있는 배경지식이나 여러 느낌이 될 수도 있다. 이럴 때 우리는 독서를 통해 지식만 얻는 것이 아니라 자신의 잠재된 아이디어로 재생산되는 효과가 온다. 비로소 독자가 책 읽기의 주인이 되는 셈이다.

기록과 더불어 관심 있는 것들을 잘 정리하고 모아두면 얼마나 좋은 점이 많은지 모른다. 예를 들어, 최근에는 프레젠테이션 자료를 효과적으로 잘 만드는 것이 점점 중요해지고 있는데, 결국은 누가 발표 내용에 맞는 이미지와 관련 자료를 많이 갖고 있느냐에 따라 크게 좌우되는 경우가 많다. 좋은 발표 자료는 좋은 소스에서 나올 수밖에 없는 만큼 평소에 좋은 이미지와 각종 템플릿, 다양한 통계 자료와 관심 있는 기사를 내 나름대로 분류해서 모아두면 어떤 분야의 자료를 만들어도 깔끔하고 호소력 있는 결과물이 나오기 때문이다. 인터넷 검색엔진이 아무리 정교해진다 해도 필요할 때 급하게 검색해서 얻는 자료와 평소에 잘 모아둔 자료는 비교될 수가 없다. 실제 이런 습관은 여러 공모전과 다양한 홍보활동에도 큰 도움을 줬다.

기록하는 습관의 연장선에서 글 쓰는 능력을 강조하지 않을 수 없다. 세월이 아무리 첨단으로 발전하고 있어도 고전적인 글쓰기는 여전히 중요한 위치에서 우리를 괴롭히고 있다. 어쩌면 인생을 살아가는 데 있어서 자신의 생각을 글로 잘 표현하는 것은 필수 불가결한 요소인지도 모른다. 이런 시점에서 대학교는 고등학교 때까지 이어온 필력을 갈고 다듬는데 너무도 좋은 공간이다.

글은 생각이 말로 변환되는 과정에서 눈에 보이는 형태로 옮겨 쓰는 일종의 기술이다. 하지만 글쓰기의 초석이 되는 생각은 다른 사람에게 전할 수 있는 형체가 없기 때문에 문자를 통해서 사고하게 되는데, 이때 얼마나 풍부한 어휘를 가지고 있느냐가 생각의 크기를 결정하고 글의 수준을 가늠하게 된다. 따라서 글쓰기를 잘 하려면 보다 다양한 어휘를 갖추고 이를 바탕으로 많은 글을 써 보면서 전체적인 문장의 구조나 표현법을 갖춰나가는 형태로 하면 좋다. 어휘력을 늘리는 방법은 좋은 책을 반복해서 읽으며 다양한 인과관계를 실제 글에서 적용시켜 보는 것이다.

고등학교 때까지는 대학입시를 준비하기 위해서라도 많은 글을 썼는데 오히려 대학에 오니까 글 쓸 일이 없다고 하는 후배의 푸념을 들은 적이 있다. 안타깝게도 공대생들은 더 심한 것 같다. 하지만 갈구하면 언제나 방법이 있기 마련, 학교마다 있는 학보사와 교지에 정기적인 글을 보내보자. 이들은 교내 학생들을 대상으로 하고 있기 때문에 여러분들의 글을 너무도 간절히 기다리고 있다. 실제 게재될 확률도 상당히 높고, 내가 쓴 글이 공개됐을 때 느끼는 설렘은 다음 글을 쓸 때 더욱 밀도 있고 탄탄하게 만들어 준다. 학기를 거듭할수록 성장하는 문장력에 내 스스로 감탄할 것이다. 그리고 좋은 글은 얼마나 고쳐 썼느냐에 따라 달라진다는 것을 명심하자. 치열하게 고친 글은 군더더기가 없고 물 흐르듯이 매끄럽다. 다 쓴 글을 소리 내어 읽었을 때 자연스럽지 않은 부분이 있다면 아직은 덜 고친 글이다. 결국 글쓰기는 재능이 아닌 노력의 문제이며, 얼마나 끈기 있게 고칠 수 있느냐가 핵심이다. 탁월한 머리보다 무딘 연필이 앞선다는 격언처럼 잘 기록하고, 잘 정리하고, 잘 쓰는 사람은 자신이 목표한 지점까지 단숨에 달려갈 수 있음을 깨닫자.

02

약속은 반드시 지킨다!

공강 시간, 커피자판기 근처에서 몇몇 친구들이 모여 이야기를 나누고 있다. 100원이 부족한 한 친구는 옆 친구에게 빌려달라는 말로 동전을 맞춰 커피를 마셨다. 그렇다면? 어떤 형태로든 정확하게 100원을 갚는 것이 옳다. 액수가 중요한 것이 아니라 내가 한 말에 대한 약속을 지킨다는 측면에서 말이다. 물론 그 친구도 100원 정도는 안 받아도 상관없다고 생각할지 모르지간 그냥 달라고 했을 때와 빌려달라고 했을 때의 그 책임과 역할은 완전히 다르다. 후자는 전혀 다른 형태로 타인과 약속을 한 것이기 때문에 반드시 갚아야 한다.

대학교 생활을 하다보면 유독 이런 일들이 많다. 특히 시간 약속에 관해서는 내 상상을 초월한다. 금방 약속하고 금방 취소하고, 약속 시간에 임박해서야 미안하다고 전해오는 휴대폰 문자메시지 속에는 어찌 이리도 다양한 사연들이 있을까 싶다. 언제나 10분씩 20분씩 늦는 친구들은 뭘 해도 항상 늦는 경우가 대부분이다. 그렇다고 먼저 연락을 줘서 늦는 이유를 설명하는 경우도 흔치 않다. 왜 안 오냐고 연락했을 때, 그때서야 이런저런 이유를 대니 내 행동에 문제가 있는 건지, 아니면 그 친구에게 문제가 있는 건지 자꾸 고민하게 된다.

졸업을 하고 어느 순간부터 우리 사회에서 약속이란 것이 단방향으로 흐른다는 느낌을 받았다. 모든 것이 너무 빨리 변해서 그런 것일까, 정부에서는 우리나라를 소개할 때 다이내믹 코리아(Dynamic Korea)라는 용어를 자랑스럽게 넣는다. 내가 사는 부산에서도 '다이내믹 부산'이란 용어를 즐겨 사용하는데, 각 행정기관이나 사회단체 역시 다이내믹이란 단어를 자신들의 열정과 가능성의 상징처럼 여기고 있는 걸 보면 최소한 다이내믹하기를 지향하고 있는 건 분명한 것 같다.

우리는 한 세기 만에 농경사회, 산업사회, 정보화 사회를 거치면서 빠른 성장을 통한 변화무쌍한 모습을 세계 속에 각인시켰다. 하지만 근대화가 가장 먼저 시작되었다는 서구만 하더라도 각각의 세계관 사이에 상당한 시간이 존재하지만 우리의 경우는 이 세 개의 세계관이 여전히 함께 공존하고 있다. 어느 평론가의 말을 빌리면, '압축 성장으로 한국인의 몸에는 전근대와 근대와 탈근대의 세 지층이 압착' 되어 있는 상태처럼 말이다.

좋은 말로 다이내믹이지 어찌 보면 한치 앞을 예견할 수 없는 불확실성의 동의어이기도 하다. 자칫 한탕 기회주의가 만연할 수 있고, 내일의 환율을 예상하지 못하니 기업들은 어떻게 살림을 꾸려나가야 할지 도무지 계획할 수가 없다. 학생들은 하루가 멀다 하고 바뀌는 입시정책에 시달릴 대로 시달려 이제는 망연자실한 표정이다. 그러면서 책임의식은 희미해지고 약속이란 개념도 점점 그 무게가 가벼워지고 있는 것 같다.

다이내믹이란 말로 점점 묻혀버리고 있는 약속의 중요성, 하지만 대학생 때 약속을 잘 지키는 습관을 만들지 못하면 지금부터 급속히 늘어나는 인간관계 속에서 믿음과 신뢰를 주지 못하는 사람으로 고착화 될 가능성이 높다. 점점 현실적인 문제를 직시해야 하는 상황에서 이런 평판은 가히 치명적이다. 어느 누가 약속도 지키지 않는 사람을 믿고 중요한 일을 함께 하겠냐는 것이다. 약속에 신중하고, 철저해지는 것은 대학생이 갖추어야 할 필수적인 요건이다.

약속을 잘 지키는 방법은 의외로 간단하다. 함부로 약속하지 않는 것이다. 많은 약속을 할수록 지켜야 하는 약속이 많아지는 것은 당연하다. 더욱이 최근에는 핸드폰과 메일을 비롯한 통신수

단의 발달로 때와 장소를 가리지 않고 수시로 의사소통을 할 수 있게 되면서 생각할 여유도 없이 약속을 하는 횟수가 점점 많아지고 있다. 약속을 해야 하는 상황이라면 내가 이 약속을 꼭 해야 하는지, 잘 지킬 수 있는지 현실적으로 판단해야 한다. 약속을 지키고 싶은 마음과 내가 실제로 지킬 수 있는 정도의 크기가 다르기 때문이다. 그리고 만일에 하나 약속을 못 지킬 상황이라면 최대한 빨리 상대에게 미리 연락을 해주고 반복적인 실수가 생기지 않도록 주의해야 한다.

만나기 위한 약속을 했다면 적어도 그 순간만큼은 그 만남에 최선을 다하는 것이 옳다. 동시에 서너 개의 약속을 잡아놓고 약속 장소에 와 있으면서도 다른 모임에 신경 쓰느라 휴대폰만 잡고 있는 모습을 보면 내가 과연 이 사람과 무엇을 할 수 있겠냐는 생각까지 든다.

이미 성공한 수많은 사람들은 자신이 한 약속에 대해서는 비록 손해를 보는 한이 있어도 반드시 지켰고, 그러지 못했을 경우에는 철저히 보상했다. 약속의 근간은 서로에 대한 믿음이다. 이런 약속이 지켜질 때는 그 믿음이 더욱 두터워지지만 지켜지지 않았을 때는 다시는 회복할 수 없는 경우로 치닫기도 한다. 아무리 작은 약속이라도 최대한 지키려고 노력하는 순간, 나의 믿음과 신뢰는 쌓이고 우리 사회의 예측 가능한 분야는 점점 많아질 것이다.

약속을 내뱉기는 쉽다. 하지만 그것을 지키는 것은 어렵다. 그래서 약속을 지켜냈을 때는 더욱 많은 것을 이룰 수 있지만 지키지 못했을 때는 반대로 더 많은 것을 잃을 수 있다. 자신이 누군가에게 내뱉은 말은 공기 중으로 흩어지지만 그 의미는 다른 사람의 기억에 남는다는 사실을 잊어서는 안 된다. 작은 약속이라도 항상 지키려고 노력하고 약속 장소에는 최소한 5분 먼저 도착해서 기다리겠다는 생각을 하자. 나의 약속이 중요한 만큼 다른 사람의 약속도 중요하다는 사실을 마음 깊이 새겨 두었으면 좋겠다.

03
일찍 일어나자

　도서관에서, 전산실에서 밤샘을 밥 먹듯 했던 내가 얼마나 안 좋은 습관에 찌들어 살았는지 졸업을 하고 나니 그제야 알 수 있었다. 할 게 많아서 어쩔 수 없다는 조급함과 불안함에 밤을 꼬박 지새우면서도 집중을 못했고 다음날 수업은 언제나 견디기 힘든 졸음과 사투를 벌이며 비몽사몽 했다. 체력은 급격히 떨어졌고 성적은 끝없는 하향곡선. 그래도 고등학교 때까지는 신문배달을 하면서 규칙적인 생활을 해왔고, 군대생활을 하면서는 매일 아침 6시 기상이 몸에 밴 건실한 청년이었는데 말이다. 밤새고, 낮에 졸고, 또 밤새고, 이런 악순환이 너무도 비효율적이고 소중한 건강을 해친다는 것을 빨리 알았으면 좋겠다.

의학적 결론에 따르면 아무리 노력해도 생리학적으로 줄일 수 있는 잠의 한계는 고작 30분 정도다. 적정한 수면시간은 선천적인 유전자에 따라 개인별로 달라서 4~5시간만 자도 충분한 사람이 있는 반면 10시간을 자도 모자란 이가 있는 이유가 바로 여기에 있다. 때문에 내게 원하는 수면시간을 취사선택하는 것은 불가능하며 그 이상 줄일 경우에는 건강에 이상이 생기고 낮 동안 부족한 수면을 채우느라 하루 종일 피로를 느끼게 된다.

에디슨은 하루 3시간만 자도 되는 유전자를 타고 났지만 아인슈타인은 10시간을 자야만 했다. 하지만 그들이 얼마를 잤든 자신이 가지고 있는 능력을 충분히 활용한 인물이라는 존에 주목할 필요가 있다. 물론 에디슨처럼 잠을 적게 자도 되는 사람이 효율적으로 자고 깨어있는 시간에 열심히 노력한다면 아마도 그를 이길 상대는 없을 것이다. 그래서 사회적으로 성공한 사람들 중에는 일 욕심이 많고 의욕적인 쇼트 슬리퍼(Short Sleeper)가 많다고 한다.

하지만 잠을 많이 자야 하는 롱 슬리퍼(Long Sleeper)가 성공하기 위해 잠을 줄이려고만 한다면 오히려 집중력과 기억력이 떨어져 역효과를 내게 된다. 이때는 아인슈타인처럼 충분한 숙면을 취하고 집중력을 높이는 방향으로 선회하는 것이 좋다. 잠이란 인간이 정상적인 생활을 하기 위해 있어도 그만 없어도 그만인

과정이 아니라 꼭 필요한 조건이기 때문이다. 따라서 자신의 체질에 맞는 수면시간과 시간대를 찾아 깨어있는 동안 최적의 뇌 상태를 유지할 수 있도록 해야겠다.

어떻게 하면 내게 맞는 적정 수면시간은 알 수 있을까. 전문가들은 자고 일어났을 때 개운하고, 피곤하지 않게 하루를 보낼 수 있으면 그것을 적정 수면시간이라고 말한다. 하지만 고등학교 때보다 더 할 일 많은 대학생들은 잠자는 시간을 줄이고 활동할 수 있는 시간 늘리는 방법에만 관심을 보일 뿐 어떻게 하면 내게 맞는 수면을 취할 수 있는지 생각하지 않아 안타까울 때가 많다. 잠도 이기지 못하면서 무슨 일을 하겠냐며 '하드코어' 대학생이 되어야만 성공할 수 있다는 생각을 빨리 버려야겠다. 지금이야 건강을 해쳐가면서도 조금씩 버텨갈 수 있을지 몰라도 나중엔 정말 아무것도 할 수 없게 된다.

내게 맞는 수면시간이 7시간이라면 밤 10시에 자서 5시에 일어날 것인지, 밤 12시에 자서 7시에 일어날 것인지 등의 형태로 결정해야 한다. 상쾌한 아침을 선호하는 아침형인간이라면 전자를, 밤에 에너지가 넘치는 저녁형인간이라면 후자를 실천하면 된다. 때에 따라 저녁형인간이 아침 일찍 수업을 들어야 한다면 목표 기상시간을 역으로 계산하여 일찍 잠자리에 들면 될 것이다. 수면시간은 결정할 수 없어도 수면리듬과 주기는 얼마든지 조절 가능하기 때문이다. 빠른 숙면상태로 들어가기 위해 시각을 쉽게 하고 조용한 음악을 들으면서 마음을 편안하게 한다. 일찍 자야 하는데 인터넷 서핑을 하거나 커피를 마시면서 수면을 방해하는 일이 없도록 유의하자.

가능하면 일찍 일어나는 아침형인간을 권하고 싶다. 성공하는 사람의 대부분은 아침형인간이며 하루를 여유롭고 안정적으로 시작할 수 있기 때문이다. 나는 야행성이라 해당사항이 없다고 생각하지 말고 며칠만이라도 과감히 실천해 보자. 늦게 자고 늦게 일어나는 사람이 유럽에 간다고 해서 아침형인간이 되지 못하는 이유는 생활습관이 그렇기 때문이지 야행성 인간이라서 그런 게 아니다. 한국에서 일찍 일어나는 습관을 가진 사람은 밤낮이 바뀌는 지구 반대편을 가도 며칠이면 생활리듬을 되찾아 일찍 일어날 수 있는 걸 봐도 쉽게 알 수 있다. 개인적으로 나는 새벽에 일어나서 조금씩 밝아지는 하늘을 보면 세상의 모든 에너지를 받는 것처럼 기분이 좋아진다.

아침에 일찍 일어나기 위해서는 저녁시간을 잘 보내야 한다. 가능하면 늦은 친구들의 모임이나 밤새 해야 하는 과제는 지양하고 미리미리 해두는 습관을 기르자. 그리고 최소한 밤 12시 이전에 자는 것이 중요하다. 12시 이후의 잠 효과는 11시 이전의 절반 수준이기 때문에 10시 이전에 자면 새벽 3시에 일어나도 거뜬할 정도로 수면의 질은 높아진다. 퇴계 이황 선생도 새벽 1시에서 3시는 대지가 잠자는 시간이어서 인간의 몸도 활동하기 어려우니 반드시 자는 게 좋다고 말했다. 수행을 하는 스님들이 새벽 3시에 일어나는 이유가 바로 여기에 있는 것이다. 하지만 현실에서는 이렇게 생활하는 것이 어렵다는 걸 나 역시 너무도 잘 알고 있지만 나름대로 시행착오를 거치면서 자신만의 노하우를 만들어 가보자.

아침에는 일어나자말자 곧바로 뭔가를 하기보다는 신선한 물한잔 먹고 간단한 운동으로 하루를 시작해 보는 것이 좋다. 20~30분 정도 스트레칭과 달리기를 병행하면서 가볍게 땀을 내면 정신이 맑아지고 거르던 아침밥을 맛있게 먹을 수 있다. 그렇게 상쾌한 기분으로 첫 수업을 시작하고, 점심을 먹고 나서는 약간의 낮잠을 자두는 것도 오후 수업을 위해 좋은 방법이다.

아침에 일찍 일어나고 규칙적인 생활을 하는 습관을 만드는 것, 너무 많이 들어서 귀에 못이 박힐 정도로 식상한 말이지만 중요하고 좋은 것에는 예나 지금이나 변함이 없는 것 같다. 억지로 시작해서라도 저절로 될 때까지 노력해 보자.

> 침상에 누울 때, 내일 아침에 일어나는 것을 즐거움으로 여기는 사람은 행복하다. - C. 힐티

04
운동하자

    우리나라에서 가장 바쁘다는 대학생들, 이른바 성공한 대학생이 되기 위해 학점과 토익은 기본이고 교환학생, 인턴십, 공모전, 그리고 소개팅까지. 이제 막 교복을 벗은 새내기들마저 취직과 진로를 고민하는 마당에 살랑대는 봄바람마저 매섭게만 느껴지는 요즘이다. 세워놓은 목표만큼 답답한 마음을 이겨내기 위해 파이팅을 외치는 그대, 그러기 위해서는 꾸준한 운동을 통한 체력증진이 필수다. 아파도 이정도 쯤이야 정신력으로 이겨내겠다지만 우리는 평생을 달려가야 할 마라토너다. 4년으로 끝낼 인생이 아니란 말이다.

사랑하면 지금보다 두 배 잘할 수 있다고 하는데 건강하면 열 배 더 잘할 수 있는 에너지를 얻을 수 있다. 천하를 얻은들 건강을 잃으면 무슨 소용이랴, 지금은 건강한 신체 시스템을 체계적으로 만들 수 있는 마지막 기회다.

학보사 기자시절, 우리나라에서 유명한 사진기자님이 특강을 마치고 한 학생의 질문을 받았다. "기자님처럼 사진을 잘 찍으려면 어떻게 해야 하나요?" 곰곰이 생각해 보다가 이런 대답을 했다. "학생 여러분, 사진을 잘 찍으려면 체력이 좋아야 합니다! 카메라 렌즈가 얼마나 무거운지 아시죠? 좋은 사진을 찍기 위해 밤을 새는 날도 허다합니다. 특종 사진을 찍느냐 못 찍느냐, 좋은 사진을 얻느냐 못 얻느냐는 하는 것은 체력이 얼마나 좋으냐 아니냐에 따라 결정됩니다. 그래서 저는 체력을 기르기 위해 매일 회사까지 카메라 두 개를 메고 한강을 따라 뛴답니다." 감성적인 노하우나 특유의 학습방법을 기대했던 나는 이런 대답을 듣고 입안이 벙벙했다.

고도의 집중력이 요구되는 소총 국가대표 선수들의 훈련에 체력단련 시간은 의외로 많다. 명상이나 조용한 클래식 음악을 들으며 정신수양에 집중할 것이라는 예상은 체력적인 부분에서 월등하지 않으면 집중력도 또한 향상되지 않는다는 감독님의 말씀에 무너졌다. 바야흐로 고도의 정신력이 요구되는 세상, 미래에는 이런 현상들은 더욱 두드러져서 개인의 체력은 더욱 중요한 항목으로 자리 잡을 것이 분명하다. 이처럼 전혀 다를 것 같은 정신과 육체는 너무도 유기적인 관계를 맺고 있다. 하지만 어느 정도의 부족분은 서로가 채워줄 수 있는 보상관계를 맺고 있어 평소에는 이런 점들을 잊고 지낼 때가 많다. 조금 아파도 정신력으로 버텨내면 된다는 식으로 말이다. 물론 상황에 따라서는 이런 자세가 필요할 때도 있지만 장기적인 관점에서는 절대 바람직한 자세가 아니다.

체력을 키우는 것은 열정을 키우는 것과 같다는 생각으로 평소에 운동을 습관화하면서 건강한 생활을 할 수 있도록 신경을 써야겠다. 아무리 바빠도 운동할 수 있는 기회는 충분히 만들 수 있다. 몇 층 안 되는 계단은 걸어서 올라가고, 교내 순환버스를 타기보다는 빠르게 걷거나 가볍게 뛰어보는 것이다. 가끔은 뛸 곳이 아닌데 뛰어다니면 이상하게 바라보는 경우가 있어 부끄러울 때가 있다. 이때는 약간 바쁜척하면서 뛰면 된다. 버스를 기다리면서 발견한 작은 턱을 이용해 아킬레스건을 풀 수도 있고, 손바닥을 쥐었다 펴면서 하박 근과 어깨 근을 단련하는 방법도 있다.

학년이 올라갈수록 교양과목이 줄고 전공과목이 늘면서 한 건물, 한 강의실에서 보내는 시간이 길어지기 마련이다. 하지만 의도적으로 조금이라도 몸을 움직이고자 한다면 한 과목 정도는 학과 건물에서 가장 멀리 떨어진 교양수업을 신청해보고, 같은 과목이라도 분반을 다르게 해서 각 수업 간 이동거리를 최대한

늘려보는 것이다. 대학의 낭만이 캠퍼스를 거니는 것 아니겠는 가. 바깥공기를 마시며 잠시 걸어주는 것은 다음 수업을 위해서 도 좋다.

나는 평소 달리기와 수영을 좋아했는데, 여느 공대가 그렇듯 운동할 시간은커녕 밥 먹을 시간도 없이 수업과 과제가 많았다. 그래도 어떻게 하든 움직여봐야 다는 생각에 학교 정문에 위치한 우리 학과 건물에서 다음 수업이 있는 15분 사이 산 중턱에 위치 한 교양수업을 듣기 위해 열심히 달려가곤 했다. 아무리 과제가 많아도 하루에 한 번은 꼭 평행봉이 있는 물리관까지 전력으로 뛰어가서 10개씩, 20개씩 하고 왔다. 일주일에 한 번은 수영장에 가서 놀기를 정례화 했고, 2~3개 정도의 마라톤 대회는 찍어놓 고 꾸준히 참여하여 그때만큼은 심박동수를 최대한 올려놓았다. 학기마다 열리는 학과 체육대회나 학교 축제에도 가능한 참여하 여 몸을 움직일 수 있는 기회를 만들었다.

흔히들 체력은 국력이라고 하지만 실제로 인생의 많은 일들은 체력이 뒷받침되지 않으면 끝까지 해내기 힘들다. 공부도, 사랑 도, 자기관리도 결국은 체력이 있어야 가능하다. 쉽게 지치지 않 고 지금의 열정을 끝까지 이어갈 수 있는 비법은 꾸준히 운동 하 는 것이다. 오늘부터 줄넘기라도 하나 사서 틈틈이 뛰어주길 기 대해 본다.

05
갈 먹자

　요즘 학교 주변의 먹을거리를 보면 정말 기가 찬다. 어떻게 이런 음식을 먹고 미래를 이끌어갈 학생들의 건강을 담보할 수 있단 말인가. 천정부지로 치솟는 식재료 값에도 불구하고 3천 원, 또는 5천 원으로 한 끼 식사를 만들어 내는 학교 근처의 음식점들은 필시 마법을 부리거나 특별한 노하우(?)가 있는 게 분명하다. 물론 모든 식당과 음식이 그렇다고 단정 지을 수는 없지만 상당부분 공감하는 학생들도 많을 것이다. 학교 근처라는 특수성을 가지고 많은 음식점들이 경쟁하는 탓에 가격을 올리기도 쉽지 않고, 학생들도 원치 않기 때문에 이러지도 저러지도 못하는 어려움을 이해 못하는 바는 아니나 젊은 대학생들이 제대르 된 영양을 섭취할 수 있도록 국가적, 사회적 노력이 절실한 시점이다.

총장님은 지금 당장 학교식당으로 가서 학생들이 어떤 음식을 먹고 있는지 직접 확인해 봐야 한다. 대부분의 교내식당은 외부 업체가 위탁을 받아 운영하는 형태를 띠는데 교외식당보다 저렴한 가격에도 불구하고 이윤을 생각하지 않을 수 없는 구조적 한계를 넘지 못하고 있다. 이곳에서도 원가절감은 식당운영의 최대 관심사이며, 그 가운데 학생들의 건강이 위협받고 있는 것이다.

학교는 교내식당에 좀 더 많은 예산 지원을 해서라도 영양이 충분하고 질 높은 음식을 만들어낼 수 있도록 해야 한다. 이라크 전쟁에서 얼음물 한 통은 총 한 자루와 같다는 말을 들은 적이 있다. 햇볕에 뜨거워질 대로 뜨거워진 물을 먹는 군인과 시원한 물을 먹는 군인은 비교할 수 없을 정도의 전투력 차이가 난다는 통계다. 교내식당에서 제공되는 음식은 단순히 배고픈 학생들의 한 끼 채우기 위한 생존의 수단이 아님을 알아야 한다. 학교가 먹을거리를 통해 학생들의 건강을 챙기는 것은 경제 논리만 가지고 접근할 문제가 아니라 4년 내내 열심히 공부한 학생들이 롱런(long-run)할 수 있도록 교육적 측면에서 접근해야 한다. 결국 이 학생들이 우리 학교를 빛내고 더 많은 이윤을 가져다 줄 것이 아닌가. 자고로 학교는 학생에게 투자하여 경쟁력을 갖춰야지 웨딩홀이나 쇼핑몰을 건립해 수익원을 찾으려고 하는 최근의 형태는 학교가 무엇을 위해 존재하는지 의심하지 않을 수 없게 만든다.

교내식당에 대한 학생들의 생각도 다시 한 번 점검해야 할 상황이다. 이상하게 대학교만 들어가면 학식을 꺼리는 학생들이 많다. 캠퍼스를 그렇게 그리워하던 신입생들조차 학교 밖에서 밥 먹길 원하고 교내식당은 그저 맛없고 지저분하다고만 생각한다. 물론 학교마다 차이는 있겠지만 기본적으로 교내식당은 영양이 고려된 체계적인 식단을 갖추고 있으며, 매끼 다른 메뉴가 제공되어 매번 무엇을 먹을지 하는 고민하는 수고를 덜어주는 장점도 있다. 오늘 점심이라도 교내식당을 이용해 보는 건 어떨까.

아무리 바빠도 하루 세 끼 밥은 정해진 시간에 꼭 챙겨먹는 것 또한 중요하다. 젊을 때 먹는 음식은 평생의 식습관을 만드는 중요한 과정인데 많은 학생들이 대수롭지 않게 생각하는 경우가 많아 안타깝다. 바쁘다는 이유로 밥도 안 먹고 컵라면, 토스트, 삼각 김밥 등으로 식사를 대신하다간 성공할 때쯤 골병이 들어 병원신세만 질게 분명하다.

기회가 되면 가까운 한의원에 들러 자신의 체질을 알아보고 내게 맞는 음식을 조언 받아보는 것도 젊을 때 해야 할 필수사항이다. 국은 되도록 싱겁게 먹고, 해조류와 채소를 많이 먹도록 하자. 삼겹살 회식 때는 반드시 상추쌈을 싸먹고 마땅한 음식이 없을 때는 된장찌개와 김치찌개를 먹도록 하자. 청량음료 대신

물병을 들고 다니면서 물과 차를 많이 마시고, 조금씩이라도 꾸준히 우유와 유제품을 챙겨 먹자. 특히 우유는 고등학교까지는 급식을 하면서 하루 한 번 정도는 대부분 챙겨먹지만 대학에 오면서 자연히 먹을 기회가 적어지는 게 현실이니 신경을 쓰도록 하자.

세상은 '웰빙! 웰빙!' 하면서도 돈 없는 대학생들은 우리 사회의 사각지대에서 올바른 음식을 먹을 기회조차 얻지 못하고 있다. 건강해야 뭐든 할 수 있지 않겠는가. 인생은 장기전이란 생각을 가지고 대학생 때 좋은 식습관을 갖도록 노력했으면 좋겠다.

06
특강을 찾아다니자

　학교 수업을 따라가기에도 벅찬 후배들에게 특강에 참석하라
고 말하려니 미안하기도 하고 안쓰럽기도 하다. 하지만 대학에
와서 가장 좋았던 것 중 하나가 유명한 인사들의 강의를 부담 없
이 들을 수 있었던 기억이라 이를 권하지 않을 수가 없다.

　학교에서 열리는 특강은 캠퍼스가 가진 보물 중의 최고의 보물
이다. 학생이 아니면 어찌 이런 기회를 마음껏 누려볼 수 있을까.
주로 학교 홈페이지에서 공식적으로 홍보하는 특강은 대부분 빠
짐없이 참석하려고 노력했고, 때로 수업시간과 겹쳐 참석하기 힘
들 때는 일부러(?) 공강 시간을 만들기도 했다. 나한테는 늘 반복

되는 수업보다 학생으로서 학교 손님을 맞이해야 한다는 나름의 사명감도 있었기 때문이다. 하루도 수차례, 캠퍼스 곳곳에서 열리는 다양한 특강은 정신없이 바쁜 학교생활 가운데서도 내 인생의 든든한 나침반이 되어줬다. 사회에 먼저 진출한 선배들의 현장감 있는 이야기를 들으면서 응어리졌던 궁금증이 해결됐고, 내 삶의 밑천이 되어 가슴을 적셨던 적도 많다. 세계적인 석학들의 강연을 들으면서 지식에 감탄하고 평범함에 놀랐다. 학문간 융합이 더욱 중요해지는 요즘, 이렇게 멋지게 살아온 분들의 이야기는 미래의 소중한 가르침이 되어 줄 것으로 믿는다.

학교에서 대대적으로 홍보하는 유명 인사들의 특강도 있지만 각 단과대학에서 자체적으로 주최하는 소규모 특강이나 워크숍도 많다. 때로 사전 예약을 받는 경우가 있는데 미리 전화를 하거나 메일을 보내 참석의사를 밝히는 것도 꼭 챙겨야 할 대목이다. 같은 학과가 아니라도 관심과 노력만 있다면 얼마든지 참석이 가능하며 오히려 더 환대해 주는 경우가 대부분이니 두려워 할 필요가 없다.

나는 운 좋게 학보사 기자로 활동하면서 캠퍼스 곳곳에서 일어나는 일에 관심이 늘었고, 기사 작성을 위해 의무적으로 특강에 참석해야 하는 경우도 많았다. 솔직히 지금 생각해 보면 재미없고 따분한 이야기들도 많았지만 그런 과정을 반복적으로 거치면서 세상의 다양함에 귀 기울일 수 있는 마음의 자세를 조금이나

마 갖출 수 있었다.

외부에서 열리는 특강도 알차다. 요즘은 인터넷을 통해서 많은 정보를 얻는데 이를 많이 주최하는 언론사나 정부기관의 회원으로 가입해 두면 유용한 정보를 쉽게 얻을 수 있다. 사실 참석하고 싶은 대부분의 좋은 특강은 서울에 집중되어 있어 지방에 사는 학생들은 참석하기 어려운 경우가 많다. 그래도 가끔씩 서울에 볼일이 있으면 항상 이런 특강과 일정을 맞춰 올라가려고 노력하고, 이후에 개인적인 업무를 보는 것은 어떨까. 코엑스 같은 곳에는 거의 매일 좋은 행사가 열리고 있으므로 이런 곳의 일정을 미리 확인해 보는 것도 좋은 방법이다.

한 번은 프라자호텔에서 한국과 아프리카의 산업협력 포럼이 열린 적이 있다. 우연히 이 행사를 알게 되어 참석하고 싶은 마음에 메일을 보냈다. 학생은 참석하기 어렵다는 회신이 왔지만 계속된 요청으로 가능하다는 답변을 받고 단숨에 서울로 올라갔다. 정부가 주최했던 이 행사는 아프리카 6개국 에너지장관이 참석하여 아프리카의 에너지 개발에 관심이 많은 국내 기업들이 대거 자리했다. 그곳에서 에너지 확보를 위한 전 세계적인 비즈니스 현장을 목격하고 우리 주변이 얼마나 숨 가쁘게 움직이는지 느낄 수 있었다. 행사 후, 무료로 연회에도 참석하고 주요 귀빈들과 장시간 이야기를 나누면서 학생으로서는 쉽게 하기 힘든 소중한 경험을 했다. 그때 만난 나이지리아 에너지장관은 아프리카에 한

번 오라고 명함까지 줘서 놀랐다.

　그리고 자신이 속한 전공분야의 (가장 큰) 학술단체 하나쯤 가입해 두면 좋은 강의를 들을 수 있는 기회가 많이 생긴다. 교수님들은 대부분 큰 금액을 내고 종신회원으로 가입하지만 학생들은 부담 없는 가격으로 1년씩 활동할 수 있도록 허용하고 있다. 실제로 한국정보처리학회 학생회원으로 가입했던 나는 매달 최신 연구동향을 살펴볼 수 있는 소식지를 받아봄은 물론 일 년에 한 두 번씩은 가까운 곳에서 열리는 학회에 참석하여 유용한 시간을 보내고 돌아왔다. 지금 하는 공부가 현장에서 어떻게 쓰이고 연구되고 있는지 알게 되면 나면 실제 공부를 할 때도 많은 도움이 된다.

　이런 기회는 조금만 관심을 갖고 찾아보면 얼마든지 있다. 매일경제신문에서는 매년 세계지식포럼을 열어 세계적 명사들을 한자리에서 만나볼 수 있는 기회를 제공하고 있다. 주최 측에서는 수백만 원에 이르는 참가비가 부담스러운 대학생들을 위해 YKL를 선발, 100명 학생들에게 무료로 강연을 들을 수 있는 기회를 주고 있으니 참가해 보길 적극 권한다. 이 외에도 공공기관이나 시민단체, 심지어 동사무소 문화회관에서도 정기적인 강연회를 열고 있으니 방학이나 여유 있는 시간에 의미 있는 시간을 보내보는 건 어떨까.

　해외 배낭여행을 떠난다면 현지의 관심 있는 학회 일정을 미리 알아보고 동선을 결정하는 건 어떨까. 지금 당장 학과 게시판이

나 교수님의 연구실 근처를 보면 알록달록한 외국 학회포스터들이 많이 붙여져 있을 것이다. 여행 중 잠시 들러보는 것만 해도 훌륭한 공부가 될 것이다.

너무도 정신없는 지금, 다양한 주제의 특강에 참석해 보려면 세상일에 관심이 있어야 가능하다. 많은 친구들이 너는 어떻게 그런 행사가 열리는 것을 아는지 물어볼 때가 있다. 우리 주변에 너무도 흔하게 깔려 있는 대로 말이다. 관심이 있는 자만이 평범한 종이 한 장에 눈길을 주고 가르침을 받을 수 있다는 것을 명심하자.

단 한 번 좋은 강의를 들었다고 해서 눈에 보이는 효과가 곧바로 나타나지는 않는다. 어떤 분야든 전문가로서 만들어질 시기가 있게 마련이다. 가을에 피는 국화는 봄에 피는 개나리를 시기하지 않는다 하지 않았던가. 높이 오르는 새는 날개가 다르고 뼈가 다르고 근육이 다르다. 특강에 참여하면 이 모든 것을 가능하게 한다.

∣ 소중한 나의 대학생활 ∣

마라톤 21회 완주 (Full 7회, Half 14회)
대한적십자 봉사원 1997~현재 (헌혈 34회)
병무청 대학생홍보대사 2007, 2008, 2009년

1학년 (2006년)
2006.4 ~ 2006.7   재난구호 기본/지도자 교육
2006.7 ~ 2006.8   부산대학교 여름스터디그룹 우수상
2006.9 ~ 2007.9   부대신문 학술부 기자
2006.9 ~ 2007.8   영리더스클럽(YLC 10기)

2학년 (2007년)
2007.1   대학언론기자학교 심화과정(2기)
2007.5   조선통신사 400주년 한일문화교류행사 이벤트팀장
2007.7   국가보훈처 대학생 헤이그특사단(러시아,중국,독일,네덜란드)
2007.8   대한적십자 17차 대학생해외봉사단(네팔)
2007.8   병무행정 UCC공모전 은상
2007.8   반도체설계센터 MATLAB
2007.9   G마켓 희망장학생 선발(300만원)
2007.9 ~ 2008.6   부산대학교 영자신문 모니터요원
2007.10   제8회 세계지식포럼(YKL 1기)
2007.10   대한적십자 사회봉사 표창장
2007.11   세계해양포럼
2007.12 ~ 2008.2   부산대학교 외국학생 언어교환도우미
2007.12 ~ 2008.4   휴넷 MBA Basic

3학년 (2008년)
2008.1 2008년   해맞이 부산축제(시민참여부스)
2008.2 ~ 2008.9   기업은행 홍보대사(3기 최우수상)
2008.6   부산장애인정보화대제전(안내/진행)
2008.6   태국 여행
2008.7   UN ITU-ASP CoE PNU
2008.7   대학내일 항일유적답방(중국)
2008.8   Campus IBK 대학생 경제대장정(부산-서울)
2008.9 ~ 2009.1   학과 근로장학생
2008.9   IOC 세계사회체육포럼
2008.10   월드비전 기아체험 24시간리더 교육
2008.11 ~ 2009.2   퀄컴 Q-riosity 2기 최우수(1000만원)

4학년 (2009년)
2009.2   부산대학교 우수학습동아리, 우수에세이
2009.3 ~ 2009.6   WIPO 세계지적재산권법
2009.5 ~ 2009.9   부산대학교 문화컨텐츠개발원 PD/VJ(2기)
2009.6 ~ 2009.8   부산대학교 외국학생 언어교환도우미
2009.8 ~ 2010.2   영삼성 캠퍼스리포터(6기)
2009.10   대한적십자 헌혈포장 은장
2009.10 ~ 2010.4   파스칼대학교 ISIMA연수(프랑스)
2009.12   부산ItoB경진대회 금상(한국발명진흥회)
2010.2   IBM Campus Wizard(5기)
2010.2   벤쿠버 동계올림픽 애니콜리포터
2010.5 ~   남극세종과학기지 24차 월동연구대 전자통신직 합격 12월 입남극

대학생이
해야 할
고민들

아직도 찜찜한 원고를 완성됐다며 출판사로 보낸 오늘 아침은 이상할 정도로 시간이 느리게 흘렀다. 그것이 원고를 한 번 더 살펴보라는 뜻인지, 아니면 그동안 수고했으니 여유를 즐기라는 뜻인지 분간할 수는 없었지만 밤사이 누군가 태엽이라도 풀어놓은 듯 마음은 한결 여유로웠고 햇살은 따뜻했다.

아~ 벌써 가을이구나. 한시름 돌릴 때 즈음, 또 다시 떠날 준비를 해야 한다는 생각이 들었다. 그렇게 기대했던 남극인데 막상 떠나려고 하니 합격의 기쁨은 온데간데없고 무사히 잘하고 돌아올 수 있을까 하는 걱정이 앞선다. 열심히 노력한다면 평생에 한 번 정도는 가볼 수 있지 않을까 생각했지만 이렇게 빨리 그 기회가 빨리 올 줄은 몰랐다. 나는 너무 복 받은 사람이다.

6개월 만에 프랑스 생활을 청산하고 돌아오기가 무섭게 남극 행 지원서를 보내놓고 얼마나 초조했는지 모른다. 서류만이라도 붙어서 면접만 봐도 좋겠다고 기도했지만 최종합격이라는 과분한 결과를 얻어 한동안 얼떨떨했다. 10년째 집을 여행자 숙소처럼 사용하고 있던 나는 한동안 부모님께는 말도 못하고 분위기만 살폈다. 눈치 백단인 우리 어머니는 설거지 횟수가 늘고 집 청소를 자주 하는 모습에 어느 정도 예감했을지도 모른다.

극지적응훈련을 마치고 조금씩 내 마음이 정리되었을 때 입을 열었다. "네 나이를 생각해라, 이제는 한 곳에 정착을 해서 결혼도 하고 직장도 가져야 할 때가 아니니." "진짜 부럽다, 이라크도 모자라서 이제는 남극까지 가는구나." 솔직히 내 마음은 나도 잘 모르겠다. 좋기도 하고 걱정되기도 하고. 아마도 이 두 가지 마음이 아주 복잡하게 얽혀 있는 것 같다. 하지만 앞으로 13개월은 남극에만 최선을 다하리라, 그 이후는 잘 다녀와서 생각하기로 했다. 아직까지 우리나라에서 굶어 죽었다는 이야기를 들은 적은 없으니 산 입에 거미줄 치랴. 어딜 가도 꼭 이상한 데만 가냐며 걱정만 하시는 어머니, 은근슬쩍 눈치를 주는 동생에게 말 못할 미안함만 남겨두고 또 다시 떠나게 됐다. 남극에 다녀와서는 조금 더 사람이 되어 있지 않을까.

언제나 부족한 경호를 응원해 주시는 분들에게 진심으로 감사드립니다. 조심해서 잘 다녀올 것을 약속합니다. 그리고 남극세종과학기지 24차 월동연구대 파이팅입니다!